OFFICIALLY
DISCARDED

TAMBIÉN POR ISABEL ALLENDE

El Reino del Dragón de Oro

La Ciudad de las Bestias

Mi País Inventado

Retrato en Sepia

Hija de la Fortuna

El Plan Infinito

Eva Luna

De Amor y de Sombra

La Casa de los Espíritus

Cuentos de Eva Luna

Paula

Afrodita

Isabel Allende

El Bosque de los pigmeos

rayo

Una rama de HarperCollins*Publishers*

PRIMERA EDICIÓN RAYO, 2004

Impreso en papel sin ácido

ISBN 0-06-076219-5

05   06   07   08   DIX/HAD   10   9   8   7   6   5

Al hermano Fernando de la Fuente,
misionero en África, cuyo espíritu anima esta historia

Índice

CAPÍTULO UNO
La adivina del mercado 1

CAPÍTULO DOS
Safari en elefante 23

CAPÍTULO TRES
El misionero 45

CAPÍTULO CUATRO
Incomunicados en la jungla 61

CAPÍTULO CINCO
El bosque embrujado 80

CAPÍTULO SEIS
Los pigmeos 102

CAPÍTULO SIETE
Prisioneros de Kosongo 122

CAPÍTULO OCHO
El amuleto sagrado 142

CAPÍTULO NUEVE
Los cazadores 165

CAPÍTULO DIEZ
La aldea de los antepasados 180

CAPÍTULO ONCE
Encuentro con los espíritus 193

CAPÍTULO DOCE
El reino del terror 210

CAPÍTULO TRECE
David y Goliat 231

CAPÍTULO CATORCE
La última noche 248

CAPÍTULO QUINCE
El monstruo de tres cabezas 271

EPÍLOGO
Dos años más tarde 287

CAPÍTULO UNO

La Adivina del Mercado

AUNA ORDEN DEL GUÍA, Michael Mushaha, la caravana de elefantes se detuvo. Empezaba el calor sofocante del mediodía, cuando las bestias de la vasta reserva natural descansaban. La vida se detenía por unas horas, la tierra africana se convertía en un infierno de lava ardiente y hasta las hienas y los buitres buscaban sombra. Alexander Cold y Nadia Santos montaban un elefante macho caprichoso de nombre Kobi. El animal le había tomado cariño a Nadia, porque en esos días ella había hecho el esfuerzo de aprender los fundamentos de la lengua de los elefantes y de comunicarse con él. Durante los largos paseos le contaba de su país, Brasil, una tierra lejana donde no había criaturas tan grandes como él, salvo unas antiguas bestias fabulosas ocultas en el impenetrable corazón de las montañas de América. Kobi apreciaba a Nadia tanto como detestaba a Alexander y no perdía ocasión de demostrar ambos sentimientos.

Las cinco toneladas de músculo y grasa de Kobi se detuvieron en un pequeño oasis, bajo unos árboles polvorientos, alimentados por un charco de agua color té con leche. Alexander había cultivado un arte propio para tirarse al suelo desde tres metros de altura sin machucarse demasiado, porque en los cinco días de safari todavía no conseguía colaboración del animal. No se dio cuenta de que Kobi se había colocado de tal manera, que al caer aterrizó en el charco, hundiéndose hasta las rodillas. Borobá, el monito negro de Nadia, le brincó encima. Al intentar desprenderse del mono, perdió el equilibrio y cayó sentado. Soltó una maldición entre dientes, se sacudió a Borobá y se puso de pie con dificultad, porque no veía nada, sus lentes chorreaban agua sucia. Estaba buscando un trozo limpio de su camiseta para limpiarlos, cuando recibió un trompazo en la espalda, que lo tiró de bruces. Kobi aguardó que se levantara para dar media vuelta y colocar su monumental trasero en posición, luego soltó una estruendosa ventosidad frente a la cara del muchacho. Un coro de carcajadas de los otros miembros de la expedición celebró la broma.

Nadia no tenía prisa en descender, prefirió esperar a que Kobi la ayudara a llegar a tierra firme con dignidad. Pisó la rodilla que él le ofreció, se apoyó en su trompa y llegó al suelo con liviandad de bailarina. El elefante no tenía esas consideraciones con nadie más, ni siquiera con Michael Mushaha, por quien sentía respeto, pero no afecto. Era una bestia con principios claros. Una cosa era pasear turistas sobre su lomo, un trabajo como cualquier otro, por el cual era remunerado con excelente comida y baños de barro, y otra muy diferente era hacer trucos de circo por un puñado de maní. Le gustaba el maní, no podía negarlo, pero más placer le daba atormentar a personas como Alexander. ¿Por qué le caía mal? No estaba seguro, era una cuestión de piel. Le molestaba que estuviera siempre cerca de Nadia. Había trece animales en la manada, pero él tenía que montar con la chica; era muy poco delicado de su parte entrometerse de ese modo entre Nadia y él. ¿No se daba cuenta de que ellos necesitaban privacidad para conversar? Un buen trompazo y algo de viento fétido de vez en cuando era lo menos que ese tipo merecía. Kobi lanzó un largo soplido cuando Nadia pisó tierra firme y le agradeció plantándole un beso en la trompa. Esa muchacha tenía buenos modales, jamás lo humillaba ofreciéndole maní.

—Ese elefante está enamorado de Nadia —se burló Kate Cold.

A Borobá no le gustó el cariz que había tomado la relación de Kobi con su ama. Observaba, bastante preocupado. El interés de Nadia por aprender el idioma de los paquidermos podía tener peligrosas consecuencias para él. ¿No estaría pensando cambiar de mascota? Tal vez había llegado la hora de fingirse enfermo para recuperar la completa atención de su ama, pero temía que lo dejara en el campamento y perderse los estupendos paseos por la reserva. Ésta era su única oportunidad de ver a los animales salvajes y, por otra parte, no convenía apartar la vista de su rival. Se instaló en el hombro de Nadia, dejando bien establecido su derecho, y desde allí amenazó al elefante con un puño.

—Y este mono está celoso —agregó Kate.

La vieja escritora estaba acostumbrada a los cambios de humor de Borobá, porque compartía el mismo techo con él desde hacía casi dos años. Era como tener un hombrecito peludo en su apartamento. Así fue desde el principio, porque Nadia sólo aceptó irse a Nueva York a estudiar y vivir con ella si llevaba a Borobá. Nunca se separaban. Estaban tan apegados que consiguieron un permiso especial para que pudiera ir a la escuela con ella. Era el único mono en la historia del sistema educativo de la ciudad que acudía a clases regularmente. A Kate no le extrañaría que supiera leer. Tenía pesadillas en las que Borobá, sentado en el sofá con lentes y un vaso de brandy en la mano, leía la sección económica del periódico.

Kate observó al extraño trío que formaban Alexander, Nadia y Borobá. El mono, que sentía celos de cualquier criatura que se aproximara a su ama, al principio aceptó a

Alexander como un mal inevitable y con el tiempo le tomó cariño. Tal vez se dio cuenta de que en ese caso no le convenía plantear a Nadia el ultimátum de «o él o yo», como solía hacer. Quién sabe a cuál de los dos ella hubiera escogido. Kate pensó que ambos jóvenes habían cambiado mucho en ese año. Nadia cumpliría quince años y su nieto dieciocho, ya tenía el porte físico y la seriedad de los adultos.

También Nadia y Alexander tenían conciencia de los cambios. Durante las obligadas separaciones se comunicaban con una tenacidad demente por correo electrónico. Se les iba la vida tecleando ante la computadora en un diálogo inacabable, en el cual compartían desde los detalles más aburridos de sus rutinas, hasta los tormentos filosóficos propios de la adolescencia. Se enviaban fotografías con frecuencia, pero eso no los preparó para la sorpresa que se llevaron al verse cara a cara y comprobar cuánto habían crecido. Alexander dio un estirón de potrillo y alcanzó la altura de su padre. Sus facciones se habían definido y en los últimos meses debía afeitarse a diario. Por su parte Nadia ya no era la criatura esmirriada con plumas de loro ensartadas en una oreja que él conociera en el Amazonas unos años antes; ahora podía adivinarse la mujer que sería dentro de poco.

La abuela y los dos jóvenes se encontraban en el corazón de África, en el primer safari en elefante que existía para turistas. La idea nació de Michael Mushaha, un naturalista africano graduado en Londres, a quien se le ocurrió que ésa era la mejor forma de acercarse a la fauna salvaje. Los elefantes africanos no se domesticaban fácilmente, como los de la India y otros lugares del mundo, pero con paciencia y prudencia, Michael lo había logrado. En el folleto publicitario lo explicaba en pocas frases: «Los elefantes son parte del entorno y su presencia no aleja a otras bestias; no necesitan gasolina ni camino, no contaminan el aire, no llaman la atención».

Cuando Kate Cold fue comisionada para escribir un artículo al respecto, Alexander y Nadia estaban con ella en Tunkhala, la capital del Reino del Dragón de Oro. Habían sido invitados por el rey Dil Bahadur y su esposa, Pema, a conocer a su primer hijo y asistir a la inauguración de la nueva estatua del dragón. La original, destruida en una explosión, fue reemplazada por otra idéntica, que fabricó un joyero amigo de Kate.

Por primera vez el pueblo de aquel reino del Himalaya tenía ocasión de ver el misterioso objeto de leyenda, al cual antes sólo tenía acceso el monarca coronado. Dil Bahadur decidió exponer la estatua de oro y piedras preciosas en una sala del palacio real, por donde desfiló la gente a admirarla y depositar sus ofrendas de flores e incienso. Era un espectáculo magnífico. El dragón, colocado sobre una base de madera policromada, brillaba en la luz de cien lámparas. Cuatro soldados, vestidos con los antiguos uniformes de gala, con sus sombreros de piel y penachos de plumas, montaban guardia con lanzas decorativas. Dil Bahadur no permitió que se ofendiera al pueblo con un despliegue de medidas de seguridad.

Acababa de terminar la ceremonia oficial para develar la estatua cuando le avisaron a Kate Cold que había una llamada para ella de Estados Unidos. El sistema telefónico del país era anticuado y las comunicaciones internacionales resultaban un lío, pero después de mucho gritar y repetir, el editor de la revista *International Geographic* consiguió que la escritora comprendiera la naturaleza de su próximo trabajo. Debía partir para África de inmediato.

—Tendré que llevar a mi nieto y su amiga Nadia, que están aquí conmigo —explicó ella.

—¡La revista no paga sus gastos, Kate! —replicó el editor desde una distancia sideral.

—¡Entonces no voy! —chilló ella de vuelta.

Y así fue como días más tarde llegó a África con los chicos y allí se reunió con los dos fotógrafos que siempre trabajaban con ella, el inglés Timothy Bruce y el latinoamericano Joel González. La escritora había prometido no volver a viajar con su nieto y con Nadia, que le habían hecho pasar bastante susto en dos viajes anteriores, pero pensó que un paseo turístico por África no presentaba peligro alguno.

Un empleado de Michael Mushaha recibió a los miembros de la expedición cuando aterrizaron en la capital de Kenya. Les dio la bienvenida y los llevó al hotel para que descansaran, porque el viaje había sido matador: tomaron cuatro aviones, cruzaron tres continentes y volaron miles de millas. Al día siguiente se levantaron temprano y partieron a dar una vuelta por la ciudad, visitar un museo y el mercado, antes de embarcarse en la avioneta que los conduciría al safari.

El mercado se encontraba en un barrio popular, en medio de una vegetación lujuriosa. Las callejuelas sin pavimentar estaban atiborradas de gente y vehículos: motocicletas con tres y cuatro personas encima, autobuses destartalados, carretones tirados a mano. Los más variados productos de la tierra, del mar y de la creatividad humana se ofrecían allí, desde cuernos de rinoceronte y peces dorados del Nilo hasta contrabando de armas. Los miembros del grupo se separaron, con el compromiso de juntarse al cabo de una hora en una determinada esquina. Era más fácil decirlo que cumplirlo,

porque en el tumulto y el bochinche no había cómo ubicarse. Temiendo que Nadia se perdiera o la atropellaran,
Alexander la tomó de la mano y partieron juntos.

El mercado presentaba una muestra de la variedad de
razas y culturas africanas: nómadas del desierto; esbeltos
jinetes en sus caballos engalanados; musulmanes con
elaborados turbantes y medio rostro tapado; mujeres de
ojos ardientes con dibujos azules tatuados en la cara;
pastores desnudos con los cuerpos decorados con barro
rojo y tiza blanca. Centenares de niños correteaban descalzos entre jaurías de perros. Las mujeres eran un espectáculo: unas lucían vistosos pañuelos almidonados en
la cabeza, que de lejos parecían las velas de un barco,
otras iban con el cráneo afeitado y collares de cuentas
desde los hombros hasta la barbilla; unas se envolvían en
metros y metros de tela de brillantes colores, otras iban
casi desnudas. Llenaban el aire un incesante parloteo en
varias lenguas, música, risas, bocinazos, lamentos de animales que mataban allí mismo. La sangre chorreaba de
las mesas de los carniceros y desaparecía en el polvo del
suelo, mientras negros gallinazos volaban a poca altura,
listos para atrapar las vísceras.

Alexander y Nadia paseaban maravillados por aquella
fiesta de color, deteniéndose para regatear el precio de
una pulsera de vidrio, saborear un pastel de maíz o tomar

una foto con la cámara automática ordinaria que habían comprado a última hora en el aeropuerto. De pronto se estrellaron de narices contra un avestruz, que estaba atado por las patas aguardando su suerte. El animal —mucho más alto, fuerte y bravo de lo imaginado— los observó desde arriba con infinito desdén y sin previo aviso dobló el largo cuello y dirigió un picotazo a Borobá, quien iba sobre la cabeza de Alexander, aferrado firmemente a sus orejas. El mono alcanzó a esquivar el golpe mortal y se puso a chillar como un demente. El avestruz, batiendo sus cortas alas, arremetió contra ellos hasta donde alcanzaba la cuerda que lo retenía. Por casualidad Joel González apareció en ese instante y pudo plasmar con su cámara la expresión de espanto de Alexander y del mono, mientras Nadia los defendía a manotazos del inesperado atacante.

—¡Esta foto aparecerá en la tapa de la revista! —exclamó Joel.

Huyendo del altanero avestruz, Nadia y Alexander doblaron una esquina y se encontraron de súbito en el sector del mercado destinado a la brujería. Había hechiceros de magia buena y de magia mala, adivinos, fetichistas, curanderos, envenenadores, exorcistas, sacerdotes de vudú, que ofrecían sus servicios a los clientes bajo unos toldos sujetos por cuatro palos, para protegerse del sol. Provenían de centenares de tribus y practicaban diversos cultos. Sin soltarse las manos, los amigos recorrieron las callecitas, deteniéndose ante animalejos en frascos de alcohol y reptiles disecados; amuletos contra el mal ojo y el mal de amor; hierbas, lociones y bálsamos medicinales para curar las enfermedades del cuerpo y del alma; polvos de soñar, de olvidar, de resucitar; animales vivos para sacrificios; collares de protección contra la envidia y la codicia; tinta de sangre para escribir a los muertos y, en fin, un arsenal inmenso de objetos fantásticos para paliar el miedo de vivir.

Nadia había visto ceremonias de vudú en Brasil y estaba más o menos familiarizada con sus símbolos, pero para Alexander esa zona del mercado era un mundo fascinante. Se detuvieron ante un puesto diferente a los otros, un techo cónico de paja, del cual colgaban unas cortinas de plástico. Alexander se inclinó para ver qué había adentro y dos manos poderosas lo agarraron de la ropa y lo halaron hacia el interior.

Una mujer enorme estaba sentada en el suelo bajo la techumbre. Era una montaña de carne coronada por un gran pañuelo color turquesa en la cabeza. Vestía de amarillo y azul, con el pecho cubierto de collares de cuentas multicolores. Se presentó como mensajera entre el mundo de los espíritus y el mundo material, adivina y sacerdotisa vudú. En el suelo había una tela pintada con dibujos en blanco y negro; la rodeaban varias figuras de dioses o demonios en madera, algunos mojados con sangre fresca de animales sacrificados, otros llenos de clavos, junto a los cuales se veían ofrendas de frutas, cereales, flores y dinero. La mujer fumaba unas hojas negras enrolladas como un cilindro, cuyo humo espeso hizo lagrimear a los jóvenes. Alexander trató de soltarse de las manos que lo inmovilizaban, pero ella lo fijó con sus ojos protuberantes, al tiempo que lanzaba un rugido profundo. El muchacho reconoció la voz de su animal totémico, la que oía en trance y emitía cuando adoptaba su forma.

—¡Es el jaguar negro! —exclamó Nadia a su lado.

La sacerdotisa obligó al chico americano a sentarse frente a ella, sacó del escote una bolsa de cuero muy gastado y vació su contenido sobre la tela pintada. Eran unas conchas blancas, pulidas por el uso. Empezó a mascullar algo en su idioma, sin soltar el cigarro, que sujetaba con los dientes.

—*Anglais? English?* —preguntó Alexander.

—Vienes de otra parte, de lejos. ¿Qué quieres de Ma Bangesé?—replicó ella, haciéndose entender en una mezcla de inglés y vocablos africanos.

Alexander se encogió de hombros y sonrió nervioso,

mirando de reojo a Nadia, a ver si ella entendía lo que estaba sucediendo. La muchacha sacó del bolsillo un par de billetes y los colocó en una de las calabazas, donde estaban las ofertas de dinero.

—Ma Bangesé puede leer tu corazón —dijo la mujerona, dirigiéndose a Alexander.

—¿Qué hay en mi corazón?

—Buscas medicina para curar a una mujer —dijo ella.

—Mi madre ya no está enferma, su cáncer está en remisión... —murmuró Alexander, asustado, sin comprender cómo una hechicera de un mercado en África sabía sobre Lisa.

—De todos modos, tienes miedo por ella —dijo Ma Bangesé. Agitó las conchas en una mano y las hizo rodar como dados—. No eres dueño de la vida o de la muerte de esa mujer —agregó.

—¿Vivirá? —preguntó Alexander, ansioso.

—Si regresas, vivirá. Si no regresas, morirá de tristeza, pero no de enfermedad.

—¡Por supuesto que volveré a mi casa! —exclamó el joven.

—No es seguro. Hay mucho peligro, pero eres valiente. Deberás usar tu valor, de otro modo morirás y esta niña morirá contigo —declamó la mujer señalando a Nadia.

—¿Qué significa eso? —preguntó Alexander.

—Se puede hacer daño y se puede hacer el bien. No

hay recompensa por hacer el bien, sólo satisfacción en tu alma. A veces hay que pelear. Tú tendrás que decidir.

—¿Qué debo hacer?

—Mama Bangesé sólo ve el corazón, no puede mostrar el camino. —Y volviéndose hacia Nadia, quien se había sentado junto a Alexander, le puso un dedo en la frente, entre los ojos—. Tú eres mágica y tienes visión de pájaro, ves desde arriba, desde la distancia. Puedes ayudarlo —dijo.

Cerró los ojos y empezó a balancearse hacia delante y hacia atrás, mientras el sudor le corría por la cara y el cuello. El calor era insoportable. Hasta ellos llegaba el olor del mercado: fruta podrida, basura, sangre, gasolina. Ma Bangesé emitió un sonido gutural, que surgió de su vientre, un largo y ronco lamento que subió de tono hasta estremecer el suelo, como si proviniera del fondo mismo de la tierra. Mareados y transpirando, Nadia y Alexander temieron que les fallaran las fuerzas. El aire del minúsculo recinto, lleno de humo, se hizo irrespirable. Cada vez más aturdidos, trataron de escapar, pero no pudieron moverse. Los sacudió una vibración de tambores, oyeron aullar perros, se les llenó la boca de saliva amarga y ante sus ojos incrédulos la inmensa mujer se redujo a la nada, como un globo que se desinfla, y en su lugar emergió un fabuloso pájaro de espléndido plumaje amarillo y azul con una cresta color turquesa, un ave del paraíso que desplegó el arco iris de sus alas y los envolvió, elevándose con ellos.

Los amigos fueron lanzados al espacio. Pudieron verse a sí mismos como dos trazos de tinta negra perdidos en un caleidoscopio de colores brillantes y formas ondulantes que cambiaban a una velocidad aterradora. Se convirtieron en luces de bengala, sus cuerpos se deshicieron en chispas, perdieron la noción de estar vivos, del tiempo y del miedo. Luego las chispas se juntaron en un torbellino eléctrico y volvieron a verse como dos puntos minúsculos volando entre los dibujos del fantástico caleidoscopio. Ahora eran dos astronautas de la mano, flotando en el espacio sideral. No sentían sus cuerpos, pero tenían una vaga conciencia del movimiento y de estar conectados. Se aferraron a ese contacto, porque era la única manifestación de su humanidad; con las manos unidas no estaban totalmente perdidos.

Verde, estaban inmersos en un verde absoluto. Comenzaron a descender como flechas y cuando el choque parecía inevitable, el color se volvió difuso y en vez de estrellarse flotaron como plumas hacia abajo, hundiéndose en una vegetación absurda, una flora algodonosa de otro planeta, caliente y húmeda. Se convirtieron en medusas transparentes, diluidas en el vapor de aquel lugar. En ese estado gelatinoso, sin huesos que les dieran forma, ni fuerzas para defenderse, ni voz para llamar, confrontaron las violentas imágenes que se presentaron en rápida sucesión ante ellos, visiones de muerte, sangre, guerra y bosque arrasado. Una procesión de espectros en cadenas desfiló ante ellos, arrastrando los pies entre carcasas de grandes animales. Vieron canastos llenos de manos humanas, niños y mujeres en jaulas.

De pronto volvieron a ser ellos mismos, en sus cuerpos de siempre, y entonces surgió ante ellos, con la espantosa nitidez de las peores pesadillas, un amenazante ogro de tres cabezas, un gigante con piel de cocodrilo. Las cabezas eran diferentes: una con cuatro cuernos y una hirsuta melena de león; la segunda era calva, sin ojos y echaba fuego por las narices; la tercera era un cráneo de leopardo con colmillos ensangrentados y ardientes pupilas de demonio. Las tres tenían en común fauces abiertas y lenguas de iguana. Las descomunales zarpas del monstruo se movieron pesadamente tratando de alcanzarlos, sus ojos hipnóticos se clavaban en ellos, los tres hocicos escupieron una densa saliva ponzoñosa. Una y otra vez los jóvenes eludían los feroces manotazos, sin poder huir porque estaban presos en un lodazal de pesadumbre. Esquivaron al monstruo por un tiempo infinito, hasta que de súbito se encontraron con lanzas en las manos y, desesperados, empezaron a defenderse a ciegas. Cuando vencían a una de las cabezas, las otras dos arremetían y si lograban hacer retroceder a éstas, la primera volvía al ataque. Las lanzas se quebraron en el combate. Entonces, en el instante final, cuando iban a ser devorados, reaccionaron con un esfuerzo sobrehumano y se convirtieron en sus animales totémicos, Alexander en el Jaguar y Nadia en el Águila; pero ante aquel enemigo formidable no servían la fiereza del primero o las alas del segundo... Sus gritos se perdieron entre los bramidos del ogro.

—¡Nadia! ¡Alexander!

La voz de Kate Cold los trajo de vuelta al mundo conocido y se encontraron sentados en la misma postura en que habían iniciado el viaje alucinante, en el mercado africano, bajo el techo de paja, frente a la enorme mujer vestida de amarillo y azul.

—Los oímos gritar. ¿Quién es esta mujer?, ¿qué pasó? —preguntó la abuela.

—Nada, Kate, no pasó nada —logró articular Alexander, tambaleándose.

No supo explicar a su abuela lo que acababan de experimentar. La voz profunda de Ma Bangesé pareció llegarles desde la dimensión de los sueños.

—¡Cuidado! —les advirtió la adivina.

—¿Qué les pasó? —repitió Kate.

—Vimos un monstruo de tres cabezas. Era invencible... —murmuró Nadia, todavía aturdida.

—No se separen. Juntos pueden salvarse, separados morirán —dijo Ma Bangesé.

A la mañana siguiente el grupo del *International Geographic* viajó en una avioneta hasta la vasta reserva natural, donde los aguardaba Michael Mushaha y el safari en elefante. Alexander y Nadia todavía se hallaban bajo el impacto de la experiencia del mercado. Alexander concluyó que el humo del tabaco de la hechicera contenía una droga, pero eso no explicaba el hecho de que ambos tuvieran exactamente las mismas visiones. Nadia no trató de racionalizar el asunto, para ella ese horrible viaje era una fuente de información, una forma de aprender, como se aprende en los sueños. Las imágenes permanecieron nítidas en su memoria; estaba segura de que en algún momento tendría que recurrir a ellas.

La avioneta era piloteada por su dueña, Angie Ninderera, una mujer aventurera y animada por una contagiosa energía, quien aprovechó el vuelo para dar un par de vueltas extra y mostrarles la majestuosa belleza del paisaje. Una hora después aterrizaron en un descampado a un par de millas del campamento de Mushaha.

Las modernas instalaciones del safari defraudaron a Kate, que esperaba algo más rústico. Varios eficientes y amables empleados africanos, de uniforme caqui y walkie-talkie, atendían a los turistas y se ocupaban de los elefantes. Había varias carpas, tan amplias como suites de hotel, y un par de construcciones livianas de madera, que contenían las áreas comunes y las cocinas. Mosquiteros blancos colgaban sobre las camas, los muebles eran de bambú y a modo de alfombra había pieles de cebra y antílope. Los baños contaban con letrinas y unas ingeniosas duchas con agua tibia. Disponían de un generador de electricidad, que funcionaba de siete a diez de la noche, el resto del tiempo se arreglaban con velas y lámparas de petróleo. La comida, a cargo de dos cocineros, resultó tan sabrosa que hasta Alexander, quien por principio rechazaba cualquier plato cuyo nombre no supiera deletrear, la devoraba. Total, el campamento era más elegante que la mayoría de los lugares donde Kate había tenido que dormir en su profesión de viajera y escritora. La abuela decidió que eso restaba puntos al safari; no dejaría de criticarlo en su artículo.

Sonaba una campana a las 5.45 de la mañana, así aprovechaban las horas más frescas del día, pero despertaban antes con el sonido inconfundible de las bandadas de murciélagos, que regresaban a sus guaridas al anunciarse el primer rayo de sol, después de haber volado la noche entera. A esa hora el olor del café recién preparado ya impregnaba el aire. Los visitantes abrían sus tiendas y salían a estirar los miembros, mientras se elevaba el incomparable sol de África, un grandioso círculo de fuego que llenaba el horizonte. En la luz del alba el paisaje reverberaba, parecía que en cualquier momento la tierra, envuelta en una bruma rojiza, se borraría hasta desaparecer, como un espejismo.

Pronto el campamento hervía de actividad, los cocineros llamaban a la mesa y Michael Mushaha dictaba sus primeras órdenes. Después del desayuno los reunía para darles una breve conferencia sobre los animales, los pájaros y la vegetación que verían durante el día. Timothy Bruce y Joel González preparaban sus cámaras y los empleados traían a los elefantes. Los acompañaba un bebé elefante de dos años, que trotaba alegre junto a su madre, el único a quien de vez en cuando debían recordarle el camino, porque se distraía soplando mariposas o bañándose en las pozas y ríos.

Desde la altura de los elefantes el panorama era soberbio. Los grandes paquidermos se movían sin ruido, mimetizados con la naturaleza. Avanzaban con pesada calma, pero cubrían sin esfuerzo muchas millas en poco tiempo. Ninguno, salvo el bebé, había nacido en cautiverio; eran animales salvajes y por lo tanto, impredecibles. Michael Mushaha les advirtió que debían atenerse a las normas, de otro modo no les podía garantizar seguridad. La única del grupo que solía violar el reglamento era Nadia Santos, quien desde el primer día estableció una relación tan especial con los elefantes, que el director del safari optó por hacer la vista gorda.

Los visitantes pasaban la mañana recorriendo la reserva. Se entendían con gestos, sin hablar para no ser detectados por otros animales. Abría la marcha Mushaha sobre el macho más viejo de la manada; detrás iban Kate y los fotógrafos sobre hembras, una de ellas la madre del bebé; luego Alexander, Nadia y Borobá sobre Kobi. Cerraban la fila un par de empleados del safari montados en machos jóvenes, con las provisiones, los toldos para la siesta y parte del equipo fotográfico. Llevaban también un poderoso anestésico para disparar, en caso de verse frente a una fiera agresiva.

Los paquidermos solían detenerse a comer hojas de los mismos árboles bajo los cuales momentos antes descansaba una familia de leones. Otras veces pasaban tan cerca de los rinocerontes, que Alexander y Nadia podían verse reflejados en el ojo redondo que los estudiaba con desconfianza desde abajo. Las manadas de búfalos y de impalas no se inmutaban con la llegada del grupo; tal vez olían a los seres humanos, pero la poderosa presencia de los elefantes los desorientaba. Pudieron pasearse entre tímidas cebras, fotografiar de cerca a una jauría de hienas disputándose la carroña de un antílope y acariciar el cuello de una jirafa, mientras ella los observaba con ojos de princesa y les lamía las manos.

—Dentro de unos años no habrá animales salvajes libres en África, sólo se podrán ver en parques y reservas —se lamentó Michael Mushaha.

Se detenían a mediodía bajo la protección de los árboles, almorzaban el contenido de unos canastos y descansaban en la sombra hasta las cuatro o cinco de la tarde. A la hora de la siesta los animales salvajes se echaban a descansar y la extensa planicie de la reserva se inmovilizaba bajo los rayos ardientes. Michael Mushaha conocía el terreno, sabía calcular bien el tiempo y la distancia; cuando el disco inmenso del sol comenzaba a descender ya estaban cerca del campamento y podían ver el humo. A veces por las noches salían de nuevo a ver a los animales que acudían al río a beber.

CAPÍTULO DOS

Safari en Elefante

UNA BANDA DE MEDIA docena de mandriles se las había arreglado para demoler las instalaciones. Las carpas yacían por el suelo, había harina, mandioca, arroz, frijoles y tarros de conserva tirados por todas partes, los sacos de dormir despedazados colgaban de los árboles, sillas y mesas rotas se amontonaban en el patio. El efecto era como si el campamento hubiera sido barrido por un tifón. Los mandriles, encabezados por uno más agresivo que los demás, se habían apoderado de las ollas y sartenes, y las usaban como garrotes para aporrearse unos a otros y atacar a cualquiera que intentara aproximarse.

−¡Qué les ha pasado! −exclamó Michael Mushaha.

−Me temo que están algo bebidos… −explicó uno de los empleados.

Los monos rondaban siempre el campamento, listos para apropiarse de lo que pudieran echarse al hocico. Por las noches se metían en la basura y si no se aseguraban bien las provisiones, las robaban. No eran simpáticos, mostraban los colmillos y gruñían, pero tenían respeto

23

por los humanos y se mantenían a prudente distancia. Ese asalto era inusitado.

Ante la imposibilidad de dominarlos, Mushaha dio orden de dispararles anestésico, pero dar en el blanco no fue fácil, porque corrían y saltaban como endemoniados. Por fin, uno a uno, los mandriles recibieron el picotazo del tranquilizante y fueron cayendo secos por tierra. Alexander y Timothy Bruce ayudaron a levantarlos por los tobillos y las muñecas y llevarlos a doscientos metros del campamento, donde roncarían sin ser molestados hasta que se les pasara el efecto de la droga. Los cuerpos peludos y malolientes pesaban mucho más de lo que cabía suponer por su tamaño. Alexander, Timothy y los empleados que los tocaron debieron ducharse, lavar su ropa y espolvorearse con insecticida para librarse de las pulgas.

Mientras el personal del safari procuraba poner algo de orden en aquel revoltijo, Michael Mushaha averiguó lo que había sucedido. En un descuido de los encargados, uno de los mandriles se introdujo en la tienda de Kate y Nadia, donde la primera tenía su reserva de botellas de vodka. Los simios podían oler el alcohol a la distancia, incluso con los envases cerrados. El babuino se robó una botella, le quebró el gollete y compartió el contenido con sus compinches. Al segundo trago se embriagaron y al tercero se lanzaron contra el campamento como una horda de piratas.

—Necesito mi vodka para el dolor de huesos —se quejó Kate, calculando que debía cuidar como oro las pocas botellas que tenía.

—¿No puede arreglarse con aspirina? —sugirió Mushaha.

—¡Las píldoras son veneno! Yo sólo uso productos naturales —exclamó la escritora.

Una vez que dominaron a los mandriles y lograron organizar de nuevo el campamento, alguien se fijó en que Timothy Bruce tenía la camisa ensangrentada. Con su tradicional indiferencia, el inglés admitió que había sido mordido.

—Parece que uno de esos muchachos no estaba completamente dormido... —dijo, a modo de explicación.

—Déjeme ver —exigió Mushaha.

Bruce levantó la ceja izquierda. Era el único gesto de su impasible rostro de caballo y lo usaba para expresar cualquiera de las tres emociones que era capaz de sentir: sorpresa, duda y molestia. En este caso era la última, detestaba cualquier clase de alboroto, pero Mushaha insistió y no tuvo más alternativa que levantarse la manga. La mordida ya no sangraba, había costras secas en los puntos donde los dientes habían perforado la piel, pero el antebrazo estaba hinchado.

—Estos monos contagian enfermedades. Voy a inyectarle un antibiótico, pero es mejor que lo vea un médico —anunció Mushaha.

La ceja izquierda de Bruce subió hasta la mitad de la frente: definitivamente, había demasiado alboroto.

Michael Mushaha llamó por radio a Angie Ninderera y le explicó la situación. La joven pilota replicó que no podía volar de noche, pero llegaría al día siguiente temprano a buscar a Bruce y llevarlo a la capital, Nairobi. El director del safari no pudo evitar una sonrisa: la mordida del mandril le ofrecía una inesperada oportunidad de ver pronto a Angie, por quien sentía una inconfesada debilidad.

Por la noche Bruce tiritaba de fiebre y Mushaha no estaba seguro de si era a causa de la herida o de un súbito ataque de malaria, pero en cualquier caso estaba preocupado, porque el bienestar de los turistas era su responsabilidad.

Un grupo de nómadas masai, que solía atravesar la reserva, llegó al campamento a media tarde arreando sus vacas de enormes cuernos. Eran muy altos, delgados, hermosos y arrogantes; se adornaban con complicados collares de cuentas en el cuello y la cabeza; se vestían con telas atadas en la cintura e iban provistos de lanzas. Creían ser el pueblo escogido de Dios; la tierra y lo que contenía les pertenecía por gracia divina. Eso les daba derecho a apropiarse del ganado ajeno, una costumbre que caía muy mal entre otras tribus. Como Mushaha no poseía ganado, no temía que le robaran. El acuerdo con ellos era claro: les daba hospitalidad cuando pasaban por la reserva, pero no podían tocar ni un pelo de los animales salvajes.

Como siempre, Mushaha les ofreció comida y les invitó a quedarse. A la tribu no le gustaba la compañía de extranjeros, pero aceptó porque uno de sus niños estaba enfermo. Esperaban a una curandera, que venía en camino. La mujer era famosa en la región, recorría enormes distancias para sanar a sus clientes con hierbas y con la fuerza de la fe. La tribu no podía comunicarse con ella por medios modernos, pero de algún modo se enteró de que llegaría esa noche, por eso se quedó en los dominios de Mushaha. Y tal como suponían, al ponerse el sol oyeron el tintineo lejano de las campanillas y amuletos de la curandera.

Una figura escuálida, descalza y miserable surgió en el polvo rojizo del atardecer. Vestía sólo una falda corta de trapo y su equipaje consistía en unas calabazas, bolsas con amuletos, medicinas y dos palos mágicos, coronados de plumas. Llevaba el cabello, que nunca había sido cortado, en largos rollos empastados de barro rojo. Parecía muy anciana, la piel le colgaba en pliegues sobre los huesos, pero caminaba erguida y sus piernas y brazos eran fuertes. La curación del paciente se llevó a cabo a pocos metros del campamento.

—La curandera dice que el espíritu de un antepasado ofendido ha entrado en el niño. Debe identificarlo y mandarlo de vuelta al otro mundo, donde pertenece —explicó Michael Mushaha.

Joel González se rió, la idea de que algo así sucediera en pleno siglo XXI le pareció muy divertida.

—No se burle, hombre. En un ochenta por ciento de los casos el enfermo mejora —le dijo Mushaha.

Agregó que en una ocasión vio a dos personas revolcándose por la tierra, que mordían, echaban espuma por la boca, gruñían y ladraban. Según decían sus familiares, habían sido poseídas por hienas. Esa misma curandera las había sanado.

—Eso se llama histeria —alegó Joel.

—Llámelo como quiera, pero el hecho es que sanaron mediante una ceremonia. La medicina occidental rara vez obtiene el mismo resultado con sus drogas y golpes eléctricos —sonrió Mushaha.

—Vamos, Michael, usted es un científico educado en Londres, no me diga que...

—Antes que nada, soy africano —lo interrumpió el naturalista—. En África los médicos han comprendido que en vez de ridiculizar a los curanderos, deben trabajar con ellos. A veces la magia da mejores resultados que los métodos traídos del extranjero. La gente cree en ella, por eso funciona. La sugestión obra milagros. No desprecie a nuestros hechiceros.

Kate Cold se dispuso a tomar notas de la ceremonia y Joel González, avergonzado de haberse reído, preparó su cámara para fotografiarla.

Colocaron al niño desnudo sobre una manta en el suelo, rodeado por los miembros de su numerosa familia. La anciana comenzó a golpear sus palos mágicos y hacer ruido con las calabazas, danzando en círculos, mientras entonaba un cántico, que pronto fue coreado por la tribu. Al poco rato cayó en trance, su cuerpo se estremecía y los ojos se le voltearon hacia arriba y quedaron en blanco. Entretanto el niño en el suelo se puso rígido, arqueó el cuerpo hacia atrás y quedó apoyado sólo en la nuca y los talones.

Nadia sintió la energía de la ceremonia como una corriente eléctrica y sin pensarlo, impulsada por una emoción desconocida, se unió al cántico y la danza frenética de los nómadas. La curación demoró varias horas, durante las cuales la vieja hechicera absorbió el espíritu maligno que se había apoderado del niño y lo incorporó a su propio cuerpo, como explicó Mushaha. Por fin el pequeño paciente perdió la rigidez y se puso llorar, lo cual fue interpretado como signo de salud. Su madre lo tomó en brazos y empezó a mecerlo y besarlo, ante la alegría de los demás.

Al cabo de unos veinte minutos, la curandera salió del trance y anunció que el paciente estaba libre del mal y desde esa misma noche podía comer con normalidad, en cambio sus padres debían ayunar por tres días para congraciarse con el espíritu expulsado. Como único alimento y recompensa, la anciana aceptó una calabaza con una mezcla de leche agria y sangre fresca que los pastores masai obtenían mediante un pequeño corte en el cuello de las vacas. Luego se retiró a descansar antes de realizar la segunda parte de su trabajo: sacar el espíritu que ahora estaba dentro de ella y mandarlo al Más Allá, donde pertenecía. La tribu, agradecida, se fue a pasar la noche más lejos.

—Si este sistema es tan efectivo, podríamos pedirle a esa buena señora que atienda a Timothy —sugirió Alexander.

—Esto no funciona sin fe —replicó Mushaha—. Y además, la curandera está extenuada, tiene que reponer su energía antes de atender a otro paciente.

De modo que el fotógrafo inglés continuó tiritando de fiebre en su litera durante el resto de la noche, mientras bajo las estrellas el niño africano gozaba de su primera comida de la semana.

Angie Ninderera se presentó al día siguiente en el safari, tal como había prometido a Mushaha en su comunicación por radio. Vieron su avión en el aire y partieron a recogerla en un Land Rover al sitio donde siempre aterrizaba. Joel González quería acompañar a su amigo Timothy al hospital, pero Kate le recordó que alguien debía tomar las fotografías para el artículo de la revista.

Mientras echaban gasolina al avión y preparaban al enfermo y su equipaje, Angie se sentó bajo un toldo a saborear una taza de café y descansar. Era una africana de piel café, saludable, alta, maciza y reidora, de edad indefinida, podía tener entre veinticinco y cuarenta años. Su risa fácil y su fresca belleza cautivaban desde la primera mirada. Contó que había nacido en Botswana y aprendió a pilotar aviones en Cuba, donde recibió una beca. Poco antes de morir, su padre vendió su rancho y el ganado que poseía, para darle una dote, pero en vez de usar el capital para conseguir un marido respetable, como su padre deseaba, ella lo utilizó para comprar su primer avión. Angie era un pájaro libre, sin nido en parte alguna. Su trabajo la conducía de un lado a otro, un día llevaba vacunas a Zaire, al siguiente transportaba actores y técnicos para una película de aventura en las planicies de Serengueti, o un grupo de audaces escaladores a los pies del legendario monte Kilimanjaro. Se jactaba de poseer la fuerza de un búfalo y para demostrarlo apostaba luchando brazo a brazo contra cualquier hombre que se atreviera a aceptar el desafío. Había nacido con una marca en forma de estrella en la espalda, signo seguro de buena suerte, según ella. Gracias a esa estrella había sobrevivido a innumerables aventuras. Una vez estuvo a punto de ser ejecutada a pedradas por una turba en Sudán; en otra ocasión anduvo perdida cinco días en el desierto de Etiopía, sola, a pie, sin comida y con sólo una botella de agua. Pero nada se comparaba con aquella oportunidad en que debió saltar en paracaídas y cayó en un río poblado de cocodrilos.

—Eso fue antes que tuviera mi Cessna Caravan, que no falla nunca —se apresuró en aclarar cuando les contó la historia a sus clientes del *International Geographic*.

—¿Y cómo escapó con vida? —preguntó Alexander.

—Los cocodrilos se entretuvieron mascando la tela del paracaídas y eso me dio tiempo de nadar a la orilla y salir corriendo de allí. Me libré esa vez, pero tarde o temprano voy a morir devorada por cocodrilos, es mi destino...

—¿Cómo lo sabe? —inquirió Nadia.

—Porque me lo dijo una adivina que puede ver el futuro. Ma Bangesé tiene fama de no equivocarse nunca —replicó Angie.

—¿Ma Bangesé? ¿Una señora gorda que tiene un puesto en el mercado? —interrumpió Alexander.

—La misma. No es gorda, sino robusta —aclaró Angie, quien era algo susceptible al tema del peso.

Alexander y Nadia se miraron, sorprendidos por aquella extraña coincidencia.

A pesar de su considerable volumen y su trato algo brusco, Angie era muy coqueta. Se vestía con túnicas floreadas, se adornaba con pesadas joyas étnicas adquiridas en ferias artesanales y solía pintarse los labios de un llamativo color rosado. Lucía un elaborado peinado de docenas de trenzas salpicadas de cuentas de colores. Decía que su línea de trabajo era fatal para las manos y no estaba dispuesta a permitir que las suyas se convirtieran en las de un mecánico. Llevaba las uñas largas pintadas y para proteger la piel se echaba grasa de tortuga, que consideraba milagrosa. El hecho de que las tortugas fueran arrugadas no disminuía su confianza en el producto.

—Conozco varios hombres enamorados de Angie —comentó Mushaha, pero se abstuvo de aclarar que él era uno de ellos.

Ella le guiñó un ojo y explicó que nunca se casaría, porque tenía el corazón roto. Se había enamorado una sola vez en su vida: de un guerrero masai que tenía cinco esposas y diecinueve hijos.

—Tenía los huesos largos y los ojos de ámbar —dijo Angie.

—¿Y qué pasó…? —preguntaron al unísono Nadia y Alexander.

—No quiso casarse conmigo —concluyó ella con un suspiro trágico.

—¡Qué hombre tan tonto! —se rió Michael Mushaha.

—Yo tenía diez años y quince kilos más que él —explicó Angie.

La pilota terminó su café y se preparó para partir. Los amigos se despidieron de Timothy Bruce, a quien la fiebre de la noche anterior había debilitado tanto que ni siquiera le alcanzaron las fuerzas para levantar la ceja izquierda.

Los últimos días del safari se fueron muy rápido en el placer de las excursiones en elefante. Volvieron a ver a la pequeña tribu nómada y comprobaron que el niño estaba curado. Al mismo tiempo se enteraron por radio de que Timothy Bruce seguía en el hospital con una combinación de malaria y de mordedura de mandril infectada, rebelde a los antibióticos.

Angie Ninderera llegó a buscarlos en la tarde del tercer día y se quedó a dormir en el campamento, para salir temprano a la mañana siguiente. Desde el primer momento hizo buena amistad con Kate Cold; las dos eran buenas bebedoras —Angie de cerveza y Kate de vodka— y ambas disponían de un bien nutrido arsenal de historias espeluznantes para embelesar a sus oyentes. Esa noche, cuando el grupo estaba sentado en círculo en torno a una fogata, disfrutando del asado de antílope y otras delicias preparadas por los cocineros, las dos mujeres se peleaban la palabra para deslumbrar al auditorio con sus aventuras. Hasta Borobá escuchaba los cuentos con interés. El monito repartía su tiempo entre los humanos, a cuya compañía estaba habituado, vigilar a Kobi y jugar con una familia de tres chimpancés pigmeos, adoptados por Michael Mushaha.

—Son un veinte por ciento más pequeños y mucho más pacíficos que los chimpancés normales —explicó Mushaha—. Entre ellos las hembras mandan. Eso significa que tienen mejor calidad de vida, hay menos competencia y más colaboración; en su comunidad se come y se duerme bien, las crías están protegidas y el grupo vive de fiesta. No como otros monos en que los machos forman pandillas y no hacen más que pelear.

—¡Ojalá fuera así entre los humanos! —suspiró Kate.

—Estos animalitos son muy parecidos a nosotros: compartimos gran parte de nuestro material genético, incluso su cráneo es parecido al nuestro. Seguramente tenemos un antepasado común —dijo Michael Mushaha.

—Entonces hay esperanza de que evolucionemos como ellos —agregó Kate.

Angie fumaba cigarros que, según ella, constituían su único lujo, y se enorgullecía de la fetidez de su avión. «A quien no le guste el olor a tabaco, que se vaya caminando», solía decirles a los clientes que se quejaban. Como fumadora arrepentida, Kate Cold seguía con ojos ávidos la mano de su nueva amiga. Había dejado de fumar hacía más de un año, pero las ganas de hacerlo no habían desaparecido y al contemplar el ir y venir del cigarro de Angie, sentía ganas de llorar. Sacó del bolsillo su pipa vacía, que siempre llevaba consigo para esos momentos desesperados, y se puso a masticarla con tristeza. Debía admitir que se le había curado la tos de tuberculosa que antes no la dejaba respirar. Lo atribuía al té con vodka y unos polvos que le había dado Walimiai, el chamán del Amazonas amigo de Nadia. Su nieto Alexander achacaba el milagro a un amuleto de excremento de dragón, regalo del rey Dil Bahadur en el Reino Prohibido, de cuyos poderes mágicos estaba convencido. Kate no sabía qué pensar de su nieto, antes muy racional y ahora propenso a la fantasía. La amistad con Nadia lo había cambiado. Tanta confianza tenía Alex en aquel fósil, que trituró unos gramos hasta convertirlos en polvo, los disolvió en licor de arroz y obligó a su madre a beberlo para combatir el cáncer. Lisa debió llevar el resto del fósil colgado al cuello durante meses y ahora lo usaba Alexander, quien no se lo quitaba ni para ducharse.

—Puede curar huesos quebrados y otros males, Kate; también sirve para desviar flechas, cuchillos y balas —le aseguró su nieto.

—En tu lugar yo no lo pondría a prueba —replicó ella secamente, pero permitió a regañadientes que él le frotara el pecho y la espalda con el excremento de dragón, mientras mascullaba para sus adentros que ambos estaban perdiendo la razón.

Esa noche en torno a la hoguera del campamento, Kate Cold y los demás lamentaban tener que despedirse de sus nuevos amigos y de aquel paraíso, donde habían pasado una inolvidable semana.

—Será bueno partir, quiero ver a Timothy —dijo Joel González para consolarse.

—Mañana partiremos a eso de las nueve —los instruyó

Angie, echándose al gaznate medio tarro de cerveza y aspirando su cigarro.

—Pareces cansada, Angie —apuntó Mushaha.

—Los últimos días han sido pesados. Tuve que llevar alimento al otro lado de la frontera, donde la gente está desesperada; es horrible ver el hambre frente a frente —dijo ella.

—Esa tribu es de una raza muy noble. Antes vivían con dignidad de la pesca, la caza y sus cultivos, pero la colonización, las guerras y las enfermedades los redujeron a la miseria. Ahora viven de la caridad. Si no fuera por esos paquetes de comida que reciben, ya habrían muerto todos. La mitad de los habitantes de África sobreviven por debajo del nivel mínimo de subsistencia —explicó Michael Mushaha.

—¿Qué significa eso? —preguntó Nadia.

—Que no tienen suficiente para vivir.

Con esa afirmación el guía puso punto final a la sobremesa, que ya se extendía pasada la medianoche, y anunció que era hora de retirarse a las tiendas. Una hora más tarde reinaba la paz en el campamento.

Durante la noche sólo quedaba de guardia un empleado que vigilaba y alimentaba las fogatas, pero al rato también a él lo venció el sueño. Mientras en el campamento se descansaba, en los alrededores hervía la vida;

bajo el grandioso cielo estrellado rondaban centenares de especies animales, que a esa hora salían en busca de alimento y agua. La noche africana era un verdadero concierto de voces variadas: el ocasional bramido de elefantes, ladridos lejanos de hienas, chillidos de mandriles asustados por algún leopardo, croar de sapos, canto de chicharras.

Poco antes del amanecer, Kate despertó sobresaltada, porque creyó haber oído un ruido muy cercano. «Debo haberlo soñado», murmuró, dando media vuelta en su litera. Trató de calcular cuánto rato había dormido. Le crujían los huesos, le dolían los músculos, le daban calambres. Le pesaban sus sesenta y siete años bien vividos; tenía el esqueleto aporreado por las excursiones. «Estoy muy vieja para este estilo de vida...», pensó la escritora, pero enseguida se retractó, convencida de que no valía la pena vivir de ninguna otra manera. Sufría más por la inmovilidad de la noche que por la fatiga del día; las horas dentro de la tienda pasaban con una lentitud agobiante. En ese instante volvió a percibir el ruido que la había despertado. No pudo identificarlo, pero le parecieron rascaduras o arañazos.

Las últimas brumas del sueño se disiparon por completo y Kate se irguió en la litera, con la garganta seca y el corazón agitado. No había duda: algo había allí, muy cerca, separado apenas por la tela de la carpa. Con mucho cuidado, para no hacer ruido, tanteó en la oscuridad buscando la linterna, que siempre dejaba cerca. Cuando la tuvo entre los dedos se dio cuenta de que transpiraba de miedo, no pudo activarla con las manos húmedas. Iba a intentarlo de nuevo, cuando oyó la voz de Nadia, quien compartía la carpa con ella.

–Chisss, Kate, no enciendas la luz… –susurró la chica.

–¿Qué pasa?

–Son leones, no los asustes –dijo Nadia.

A la escritora se le cayó la linterna de la mano. Sintió que los huesos se le ponían blandos como budín y un grito visceral se le quedó atravesado en la boca. Un solo arañazo de las garras de un león rasgaría la delgada tela de nylon y el felino les caería encima. No sería la primera vez que un turista moría así en un safari. Durante las excursiones había visto leones de tan cerca que pudo contarles los dientes; decidió que no le gustaría sufrirlos en carne propia. Pasó fugazmente por su mente la imagen de los primeros cristianos en el coliseo romano, condenados a morir devorados por esas fieras. El sudor le corría por la cara mientras buscaba la linterna en el suelo, enredada en la red del mosquitero que protegía su catre. Oyó un ronroneo de gato grande y nuevos arañazos.

Esta vez se estremeció la carpa, como si le hubiera caído un árbol encima. Aterrada, Kate alcanzó a darse cuenta de que Nadia también emitía un ruido de gato. Por fin encontró la linterna y sus dedos temblorosos y mojados lograron encenderla. Entonces vio a la muchacha en cuclillas, con la cara muy cerca de la tela de la tienda, embelesada en un intercambio de ronroneos con la fiera que se encontraba al otro lado. El grito atascado adentro de Kate salió convertido en un terrible alarido, que pilló a Nadia de sorpresa y la tiró de espaldas. La zarpa de Kate cogió a la joven por un brazo y empezó a halarla. Nuevos gritos, acompañados esta vez por pavorosos rugidos de leones, rompieron la quietud del campamento.

En pocos segundos, empleados y visitantes se encontraban fuera, a pesar de las instrucciones precisas de Michael Mushaha, quien les había advertido mil veces de los peligros de salir de las tiendas de noche. A tirones, Kate consiguió arrastrar a Nadia hacia fuera, mientras la chica pataleaba tratando de librarse. Media carpa se desmoronó en el jaleo y uno de los mosquiteros se desprendió y les cayó encima, envolviéndolas; parecían dos larvas luchando por salir del capullo. Alexander, el primero en llegar, corrió a su lado y trató de desprenderlas del mosquitero. Una vez libre, Nadia lo empujó, furiosa porque habían interrumpido de manera tan brutal su conversación con los leones.

Entretanto Mushaha disparó al aire y los rugidos de las fieras se alejaron. Los empleados encendieron algunos faroles, empuñaron sus armas y partieron a explorar los alrededores. Para entonces los elefantes se habían alborotado y los cuidadores procuraban calmarlos antes de que salieran en estampida de los corrales y arremetieran contra el campamento. Frenéticos por el olor de los leones, los tres chimpancés pigmeos daban chillidos y se colgaban del primero que se pusiera cerca. Entretanto Borobá se había encaramado sobre la cabeza de Alexander, quien intentaba inútilmente quitárselo de encima tirándole de la cola. En aquella confusión nadie comprendía qué había sucedido.

Joel González salió gritando despavorido.

—¡Serpientes! ¡Una pitón!

—¡Son leones! —le corrigió Kate.

Joel se detuvo en seco, desorientado.

—¿No son culebras? —vaciló.

—¡No, son leones! —repitió Kate.

—¿Y por eso me despertaron? —masculló el fotógrafo.

—¡Cúbrase las vergüenzas, hombre, por Dios! —se burló Angie Ninderera, quien apareció en pijama.

Recién entonces Joel González se dio cuenta de que estaba completamente desnudo; retrocedió hacia su tienda, tapándose con las dos manos.

Michael Mushaha regresó poco después con la noticia de que había huellas de varios leones en los alrededores y de que la tienda de Kate y Nadia estaba rasgada.

–Ésta es la primera vez que ocurre algo así en el campamento. Jamás esos animales nos habían atacado –comentó, preocupado.

–¡No nos atacaron! –lo interrumpió Nadia.

–¡Ah! ¡Entonces fue una visita de cortesía! –dijo Kate, indignada.

–¡Vinieron a saludar! ¡Si no te pones a chillar, Kate, todavía estaríamos hablando!

Nadia dio media vuelta y se refugió en su tienda, a la cual debió entrar arrastrándose, porque sólo quedaban dos esquinas en pie.

–No le hagan caso, es la adolescencia. Ya se le pasará, todo el mundo se cura de eso –opinó Joel González, quien había reaparecido envuelto en una toalla.

Los demás se quedaron comentando y ya nadie volvió a dormir. Atizaron las fogatas y mantuvieron los faroles encendidos. Borobá y los tres chimpancés pigmeos, todavía muertos de miedo, se instalaron lo más lejos posible de la tienda de Nadia, donde permanecía el olor de las fieras. Poco después se oyó el aleteo de los murciélagos anunciando el alba, entonces los cocineros comenzaron a colar el café y preparar los huevos con tocino del desayuno.

—Nunca te había visto tan nerviosa. Con la edad te estás ablandando, abuela —dijo Alexander, pasándole la primera taza de café a Kate.

—No me llames abuela, Alexander.

—Y tú no me llames Alexander, mi nombre es Jaguar, al menos para mi familia y los amigos.

—¡Bah, déjame en paz, mocoso! —replicó ella, quemándose los labios con el primer sorbo del humeante brebaje.

CAPÍTULO TRES

El Misionero

Los empleados del safari cargaron el equipaje en los Land Rovers y acompañaron a los forasteros hacia el avión de Angie, a pocos kilómetros del campamento, en una zona despejada. Para los visitantes era el último paseo sobre los elefantes. El orgulloso Kobi, a quien Nadia había montado durante esa semana, presentía la separación y parecía triste, como lo estaba el grupo del *International Geographic*. También Borobá lo estaba, porque dejaba atrás a los tres chimpancés, con quienes había hecho excelente amistad; por primera vez en su vida debía admitir que existían monos casi tan listos como él.

Al Cessna Caravan se le notaban los años de uso y las millas de vuelo. Un letrero al costado anunciaba su arrogante nombre: *Súper Halcón*. Angie le había pintado cabeza, ojos, pico y garras de ave de rapiña, pero con el tiempo la pintura se había descascarado y el vehículo parecía más bien una patética gallina desplumada en la luz reverberante de la mañana. Los viajeros se estremecieron

45

ante la idea de usarlo como medio de transporte; menos Nadia, porque comparado con la anciana y mohosa avioneta en la cual su padre se desplazaba en el Amazonas, el *Súper Halcón* de Angie resultaba magnífico. La misma pandilla de mandriles maleducados que se bebieron el vodka de Kate se hallaba instalada sobre las alas. Los monos se entretenían matándose los piojos unos a otros con gran atención, como suelen hacer los seres humanos. Kate había visto en muchos lugares del mundo el mismo cariñoso ritual del despioje, que unía a las familias y creaba lazos entre amigos. A veces los niños se ponían en fila uno detrás de otro, del más pequeño al más grande, para escarbarse mutuamente la cabeza. Sonrió pensando que en Estados Unidos la sola palabra «piojo» producía escalofríos de horror. Angie comenzó a lanzar piedras e improperios a los babuinos, pero éstos respondieron con olímpico desprecio y no se movieron hasta que los elefantes estuvieron prácticamente encima de ellos.

Michael Mushaha le entregó a Angie una ampolla del anestésico para animales.

—Es la última que me queda. ¿Puedes traerme una caja en tu próximo viaje? —le pidió.

—Claro que sí.

—Llévatela de muestra, porque hay varias marcas diferentes y puedes confundirte. Ésta es la que necesito.

—Está bien —dijo Angie, guardando la ampolla en el botiquín de emergencia del avión, donde estaría segura.

Habían terminado de colocar el equipaje en el avión cuando surgió de unos arbustos cercanos un hombre que hasta entonces nadie había visto. Vestía pantalones vaqueros, gastadas botas a media pierna y una camisa de algodón inmunda. Sobre la cabeza llevaba un sombrero de tela y a la espalda una mochila de donde colgaban una olla negra de hollín y un machete. Era de baja estatura, delgado, anguloso, calvo, con lentes de vidrios muy gruesos, la piel pálida y las cejas oscuras y enjutas.

—Buenos días, señores —dijo en español y enseguida tradujo el saludo al inglés y francés—. Soy el hermano Fernando, misionero católico —se presentó, estrechando primero la mano de Michael Mushaha y luego la de los demás.

—¿Cómo llegó usted hasta aquí? —preguntó éste.

—Con la ayuda de algunos camioneros y andando buena parte del camino.

—¿A pie? ¿Desde dónde? ¡No hay aldeas en muchas millas alrededor!

—Los caminos son largos, pero todos conducen a Dios —replicó el otro.

Explicó que era español, nacido en Galicia, aunque

hacía muchos años que no visitaba su patria. Apenas salió del seminario lo mandaron a África, donde cumplió su ministerio por más de treinta años en diversos países. Su última destinación había sido en una aldea de Ruanda, donde trabajaba con otros hermanos y tres monjas en una pequeña misión. Era una región asolada por la guerra más cruel que se había visto en el continente; innumerables refugiados iban de un lado a otro escapando de la violencia, pero ésta siempre los alcanzaba; la tierra estaba cubierta de ceniza y sangre, no se había plantado nada por años, los que se libraban de balas y cuchillos caían víctimas del hambre y las enfermedades; por los caminos infernales vagaban viudas y huérfanos famélicos, muchos de ellos heridos o mutilados.

—La muerte anda de fiesta por esos lados —concluyó el misionero.

—Yo lo he visto también. Han muerto más de un millón de personas, la matanza continúa y al resto del mundo le importa poco —agregó Angie.

—Aquí, en África, empezó la vida humana. Todos descendemos de Adán y Eva, que, según dicen los científicos, eran africanos. Éste es el paraíso terrenal que menciona la Biblia. Dios quiso que esto fuera un jardín donde sus criaturas vivieran en paz y abundancia, pero vean ustedes en lo que se ha convertido por el odio y la estupidez humana... —añadió el misionero en tono de prédica.

—¿Usted salió escapando de la guerra? —preguntó Kate.

—Mis hermanos y yo recibimos orden de evacuar la misión cuando los rebeldes quemaron la escuela, pero yo no soy otro refugiado. La verdad es que tengo una tarea por delante, debo encontrar a dos misioneros que han desaparecido.

—¿En Ruanda? —preguntó Mushaha.

—No, están en una aldea llamada Ngoubé. Miren aquí...

El hombre abrió un mapa y lo estiró en el suelo para señalar el punto donde sus compañeros habían desaparecido. Los demás se agruparon alrededor.

—Ésta es la zona más inaccesible, caliente e inhóspita del África ecuatorial. Allí no llega la civilización, no hay medios de transporte fuera de canoas en el río, no existe teléfono ni radio —explicó el misionero.

—¿Cómo se comunican con los misioneros? —preguntó Alexander.

—Las cartas demoran meses, pero ellos se las arreglaban para enviarnos noticias de vez en cuando. La vida por esos lados es muy dura y peligrosa. La región está controlada por un tal Maurice Mbembelé, es un psicópata, un loco, un tipo bestial al cual se le acusa incluso de cometer actos de canibalismo. Desde hace varios meses nada sabemos de nuestros hermanos. Estamos muy preocupados.

Alexander observó el mapa que el hermano Fernando aún tenía en el suelo. Ese trozo de papel no podía dar ni una remota idea de la inmensidad del continente, con sus cuarenta y cinco países y seiscientos millones de personas. Durante esa semana de safari con Michael Mushaha había aprendido mucho, pero igual se sentía perdido ante la complejidad de África, con sus diversos climas, paisajes, culturas, creencias, razas, lenguas. El sitio que el dedo del misionero señalaba nada significaba para él; sólo comprendió que Ngoubé quedaba en otro país.

—Necesito llegar allí —dijo el hermano Fernando.

—¿Cómo? —preguntó Angie.

—Usted debe ser Angie Ninderera, la dueña de este avión, ¿verdad? He oído hablar mucho de usted. Me dijeron que es capaz de volar a cualquier parte…

—¡Hey! ¡Ni se le ocurra pedirme que lo lleve, hombre! —exclamó Angie levantando ambas manos a la defensiva.

—¿Por qué no? Se trata de una emergencia.

—Porque a donde usted pretende ir es una región de

bosques pantanosos, allí no se puede aterrizar. Porque nadie con dos dedos de frente anda por esos lados. Porque estoy contratada por la revista *International Geographic* para transportar a estos periodistas sanos y salvos a la capital. Porque tengo otras cosas que hacer y, finalmente, porque no veo que usted pueda pagarme el viaje —replicó Angie.

—Se lo pagaría Dios, sin duda —dijo el misionero.

—Oiga, me parece que su Dios ya tiene demasiadas deudas.

Mientras ellos discutían, Alexander cogió a su abuela por un brazo y se la llevó aparte.

—Tenemos que ayudar a este hombre, Kate —dijo.

—¿Qué estás pensando, Alex, digo, Jaguar?

—Podríamos pedirle a Angie que nos lleve a Ngoubé.

—¿Y quién correrá con los gastos? —alegó Kate.

—La revista, Kate. Imagínate el reportaje formidable que puedes escribir si encontramos a los misioneros perdidos.

—¿Y si no los encontramos?

—Igual es noticia, ¿no lo ves? No volverás a tener otra oportunidad como ésta —suplicó su nieto.

Debo consultarlo con Joel —replicó Kate, en cuyos ojos comenzaba a brillar la luz de la curiosidad, que su nieto reconoció al punto.

A Joel González no le pareció mala idea, ya que aún

no podía regresar a Londres, donde vivía, porque Timothy Bruce seguía en el hospital.

—¿Hay culebras por esos lados, Kate?

—Más que en ningún otro lugar del mundo, Joel.

—Pero también hay gorilas. Tal vez puedas fotografiarlos de cerca. Sería una tapa excelente para el *International Geographic*... —lo tentó Alexander.

—Bueno, en ese caso, voy con ustedes —decidió Joel.

Convencieron a Angie, con un fajo de billetes que Kate le puso ante la cara y con la perspectiva de un vuelo muy difícil, desafío que la pilota no pudo resistir. Cogió el dinero de un zarpazo, encendió el primer cigarro del día y dio orden de echar los bultos en la cabina, mientras ella revisaba los niveles y se aseguraba de que el *Súper Halcón* funcionara bien.

—¿Este aparato es seguro? —preguntó Joel González, para quien lo peor de su trabajo eran los reptiles y en segundo lugar los vuelos en avioneta.

Como única respuesta Angie le lanzó un salivazo de tabaco a los pies. Alex le dio un codazo de complicidad: tampoco a él le parecía muy seguro ese medio de transporte, sobre todo considerando que lo piloteaba una mujer excéntrica con una caja de cerveza a los pies, quien además llevaba un cigarro encendido entre los dientes, a poca distancia de los tambores de gasolina para reabastecimiento.

Veinte minutos más tarde el Cessna estaba cargado y los pasajeros en sus sitios. No todos disponían de un asiento, Alex y Nadia se acomodaron en la cola sobre los bultos, y ninguno contaba con cinturón de seguridad, porque Angie los consideraba una precaución inútil.

—En caso de accidente, los cinturones sólo sirven para que no se desparramen los cadáveres —dijo.

La mujer puso en marcha los motores y sonrió con la inmensa ternura que ese sonido siempre le producía. El avión se sacudió como un perro mojado, tosió un poco y luego comenzó a moverse sobre la improvisada pista. Angie lanzó un triunfal grito de comanche cuando las ruedas se desprendieron del suelo y su querido halcón comenzó a elevarse.

—En el nombre de Dios —murmuró el misionero, persignándose, y Joel González lo imitó.

La vista desde el aire ofrecía una pequeña muestra de la variedad y belleza del paisaje africano. Dejaron atrás la reserva natural donde habían pasado la semana, vastas planicies rojizas y calientes, salpicadas de árboles y animales salvajes. Volaron sobre secos desiertos, bosques, montes, lagos, ríos, aldeas separadas por grandes distancias. A medida que avanzaban hacia el horizonte, iban retrocediendo en el tiempo.

El ruido de los motores era un obstáculo serio para la

conversación, pero Alexander y Nadia insistían en hablar a gritos. El hermano Fernando respondía a sus incesantes preguntas en el mismo tono. Se dirigían a los bosques de una zona cercana a la línea ecuatorial, dijo. Algunos audaces exploradores del siglo XIX y los colonizadores franceses y belgas en el siglo XX penetraron brevemente en aquel infierno verde, pero era tan alta la mortalidad —ocho de cada diez hombres perecía por fiebres tropicales, crímenes o accidentes— que debieron retroceder. Después de la independencia, cuando los colonos extranjeros se retiraron del país, sucesivos gobiernos extendieron sus tentáculos hacia las aldeas más remotas. Construyeron algunos caminos, enviaron soldados, maestros, médicos y burócratas, pero la jungla y las terribles enfermedades detenían a la civilización. Los misioneros, determinados a extender el cristianismo a cualquier precio, fueron los únicos que perseveraron en el propósito de echar raíces en aquella infernal región.

—Hay menos de un habitante por kilómetro cuadrado y la población se concentra cerca de los ríos, el resto está deshabitado —explicó el hermano Fernando—. Nadie entra a los pantanos. Los nativos aseguran que allí viven los espíritus y todavía hay dinosaurios.

—¡Parece fascinante! —dijo Alexander.

La descripción del misionero se parecía al África mitológica que él había visualizado cuando su abuela le anunció el viaje. Se llevó una desilusión cuando llegaron a Nairobi y se encontró en una moderna ciudad de altos edificios y bullicioso tráfico. Lo más parecido a un guerrero que vio fue la tribu de nómadas que llegó con el niño enfermo al campamento de Mushaha. Hasta los elefantes del safari le parecieron demasiado mansos. Cuando se lo comentó a Nadia, ella se encogió de hombros, sin entender por qué él se sintió defraudado con su primera impresión de África. Ella no esperaba nada en particular. Alexander concluyó que si África hubiera estado poblada por extraterrestres, Nadia los habría asumido con la mayor naturalidad, porque nunca anticipaba nada. Tal vez ahora, en el sitio marcado en el mapa del hermano Fernando, encontraría la tierra mágica que había imaginado.

Al cabo de varias horas de vuelo sin inconvenientes, salvo el cansancio, la sed y el mareo de los pasajeros, Angie comenzó a bajar entre delgadas nubes. La pilota señaló abajo un inacabable terreno verde, donde podía distinguirse la sinuosa línea de un río. No se vislumbraba señal alguna de vida humana, pero estaban todavía a demasiada altura para ver aldeas, en caso de que las hubiera.

—¡Allí es, estoy seguro! —gritó el hermano Fernando de pronto.

—¡Se lo advertí, hombre, ahí no hay donde aterrizar! —le respondió Angie también a gritos.

—Descienda usted a tierra, señorita, y Dios proveerá —aseguró el misionero.

—¡Más vale que lo haga, porque tenemos que echar gasolina!

El *Súper Halcón* comenzó a bajar en grandes círculos. A medida que se acercaban al suelo, los pasajeros comprobaron que el río era mucho más ancho de lo que parecía visto desde arriba. Angie Ninderera explicó que hacia el sur podrían encontrar aldeas, pero el hermano Fernando insistió en que debía enfilar más bien hacia el noroeste, hacia la región donde sus compañeros habían instalado la misión. Ella dio un par de vueltas, cada vez más cerca del suelo.

—¡Estamos malgastando la poca gasolina que nos queda! Voy hacia el sur —decidió finalmente.

—¡Allí, Angie! —señaló de súbito Kate.

A un lado del río surgió como por encantamiento la franja despejada de una playa.

—La pista es muy angosta y corta, Angie —le advirtió Kate.

—Sólo necesito doscientos metros, pero creo que no los tenemos —replicó Angie.

Dio una vuelta a baja altura para medir la playa al ojo y buscar el mejor ángulo para la maniobra.

—No será la primera vez que aterrizo en menos de doscientos metros. ¡Sujétense, muchachos, que vamos a galopar! —anunció con otro de sus típicos gritos de guerra.

Hasta ese momento Angie Ninderera había piloteado muy relajada, con una lata de cerveza entre las rodillas y su cigarro en la mano. Ahora su actitud cambió. Apagó el cigarro contra el cenicero pegado con cinta adhesiva en el piso, acomodó su corpulenta humanidad en el asiento, se aferró a dos manos del volante y se dispuso a tomar posición, sin dejar de maldecir y aullar como comanche, llamando a la buena suerte que, según ella, nunca le fallaba, porque para eso llevaba su fetiche colgado al cuello. Kate Cold coreó a Angie, gritando hasta desgañitarse, porque no se le ocurrió otra forma de desahogar los nervios. Nadia Santos cerró los ojos y pensó en su padre. Alexander Cold abrió bien los suyos, invocando a su amigo, el lama Tensing, cuya prodigiosa fuerza mental podría serles de gran ayuda en esos momentos, pero Tensing estaba muy lejos. El hermano Fernando se puso a rezar en voz alta en español, acompañado por Joel González. Al final de la breve playa se elevaba, como una muralla china, la vegetación impenetrable de la selva. Tenían sólo una oportunidad de aterrizar; si fallaban, no había pista suficiente para volver a elevarse y se estrellarían contra los árboles.

El *Súper Halcón* descendió bruscamente y las primeras ramas de los árboles le rozaron el vientre. Apenas se encontró sobre el improvisado aeródromo, Angie buscó el suelo, rogando para que fuera firme y no estuviera sembrado de rocas. El avión cayó dando bandazos, como un pajarraco herido, mientras en su interior reinaba el caos: los bultos saltaban de un lado a otro, los pasajeros se azotaban contra el techo, rodaba la cerveza y bailaban los tambores de gasolina. Angie, con las manos agarrotadas sobre los instrumentos de control, aplicó los frenos a fondo, tratando de estabilizar el aparato para evitar que se quebraran las alas. Los motores rugían, desesperados, y un fuerte olor a goma quemada invadía la cabina. El aparato temblaba en su intento de detenerse, recorriendo los últimos metros de pista en una nube de arena y humo.

—¡Los árboles! —gritó Kate cuando estuvieron casi encima de ellos.

Angie no contestó a la gratuita observación de su clienta: ella también los veía. Sintió esa mezcla de terror absoluto y de fascinación que la invadía cuando se jugaba la vida, una súbita descarga de adrenalina que le hacía hormiguear la piel y aceleraba su corazón. Ese miedo feliz era lo mejor de su trabajo. Sus músculos se tensaron en el esfuerzo brutal de dominar la máquina; luchaba cuerpo a cuerpo con el avión, como un vaquero sobre un toro bravo. De pronto, cuando los árboles estaban a dos metros de distancia y los pasajeros creyeron que había llegado su último instante, el *Súper Halcón* se fue hacia delante, dio una sacudida tremenda y enterró el pico en el suelo.

—¡Maldición! —exclamó Angie.

—No hable así, mujer —dijo el hermano Fernando con voz temblorosa desde el fondo de la cabina, donde pataleaba enterrado bajo las cámaras fotográficas—. ¿No ve que Dios proveyó una pista de aterrizaje?

—¡Dígale que me mande también un mecánico, porque tenemos problemas! —bramó de vuelta Angie.

—No nos pongamos histéricos. Antes que nada debemos examinar los daños —ordenó Kate Cold preparándose para bajar, mientras los demás se arrastraban a gatas hacia la portezuela. El primero en saltar afuera fue el pobre Borobá, quien rara vez había estado más asustado en su vida. Alexander vio que Nadia tenía la cara cubierta de sangre.

—¡Águila! —exclamó, tratando de librarla de la confusión de bultos, cámaras y asientos desprendidos del suelo.

Cuando por fin estuvieron afuera y pudieron evaluar la situación, resultó que ninguno estaba herido; lo de Nadia era una hemorragia nasal. El avión, en cambio, había sufrido daños.

—Tal como temía, se dobló la hélice —dijo Angie.

—¿Es grave? —preguntó Alexander.

—En circunstancias normales no es grave. Si consigo otra hélice, yo misma la puedo cambiar, pero aquí estamos fritos. ¿De dónde voy a sacar una de repuesto?

Antes que el hermano Fernando alcanzara a abrir la boca, Angie lo enfrentó con los brazos en jarra.

—¡Y no me diga que su Dios proveerá, si no quiere que me enoje de verdad!

El misionero guardó prudente silencio.

—¿Dónde estamos exactamente? —preguntó Kate.

—No tengo la menor idea —admitió Angie.

El hermano Fernando consultó su mapa y concluyó que seguramente no estaban muy lejos de Ngoubé, la aldea donde sus compañeros habían establecido la misión.

—Estamos rodeados de jungla tropical y pantanos, no hay forma de salir de aquí sin un bote —dijo Angie.

—Entonces hagamos fuego. Una taza de té y un trago de vodka no nos caerían mal —propuso Kate.

CAPÍTULO CUATRO

Incomunicados en la Jungla

AL CAER LA NOCHE los expedicionarios decidieron acampar cerca de los árboles, donde estarían mejor protegidos.

—¿Hay pitones por estos lados? —preguntó Joel González, pensando en el abrazo casi fatal de una anaconda en el Amazonas.

—Las pitones no son problema, porque se ven de lejos y se pueden matar a tiros. Peores son la víbora de Gabón y la cobra del bosque. El veneno mata en cuestión de minutos —dijo Angie.

—¿Tenemos antídoto?

—Para ésas no hay antídoto. Me preocupan más los cocodrilos, esos bichos comen de todo... —comentó Angie.

—Pero se quedan en el río, ¿no? —preguntó Alexander.

—También son feroces en tierra. Cuando los animales salen de noche a beber, los cogen y los arrastran hasta el fondo del río. No es una muerte agradable —explicó Angie.

La mujer disponía de un revólver y un rifle, aunque nunca había tenido ocasión de dispararlos. En vista de que deberían hacer turnos para vigilar por la noche, les explicó a los demás cómo usarlos. Dieron unos cuantos tiros y comprobaron que las armas estaban en buen estado, pero ninguno de ellos fue capaz de acertar al blanco a pocos metros de distancia. El hermano Fernando se negó a participar, porque según dijo, las armas de fuego las carga el diablo. Su experiencia en la guerra de Ruanda lo había dejado escaldado.

—Ésta es mi protección, un *escapulario* —dijo, mostrando un trozo de tela que llevaba colgado de un cordel al cuello.

—¿Qué? —preguntó Kate, quien nunca había oído esa palabra.

—Es un objeto santo, está bendito por el Papa —aclaró Joel González, mostrando uno similar en su pecho.

Para Kate, formada en la sobriedad de la Iglesia protestante, el culto católico resultaba tan pintoresco como las ceremonias religiosas de los pueblos africanos.

—Yo también tengo un amuleto, pero no creo que me salve de las fauces de un cocodrilo —dijo Angie mostrando una bolsita de cuero.

—¡No compare su fetiche de brujería con un escapulario! —replicó el hermano Fernando, ofendido.

—¿Cuál es la diferencia? —preguntó Alexander, muy interesado.

—Uno representa el poder de Cristo y el otro es una superstición pagana.

—Las creencias propias se llaman religión, las de los demás se llaman superstición —comentó Kate.

Repetía esa frase delante de su nieto en cuanta oportunidad se le presentaba, para machacarle respeto por otras culturas. Otros de sus dichos favoritos eran: «Lo nuestro es *idioma*, lo que hablan los demás son *dialectos*», y «Lo que hacen los blancos es *arte* y lo que hacen otras razas es *artesanía*». Alexander había tratado de explicar estos dichos de su abuela en la clase de ciencias sociales, pero nadie captó la ironía.

Se armó de inmediato una apasionada discusión sobre la fe cristiana y el animismo africano, en la cual participó el grupo entero, menos Alexander, quien llevaba su propio amuleto al cuello y prefirió callarse la boca, y Nadia, quien estaba ocupada recorriendo con gran atención la pequeña playa de punta a cabo, acompañada por Borobá. Alexander se reunió con ellos.

—¿Qué buscas, Águila? —preguntó.

Nadia se agachó y recogió de la arena unos trozos de cordel.

—Encontré varios de éstos —dijo.

–Debe ser alguna clase de liana…

–No. Creo que son fabricados a mano.

–¿Qué pueden ser?

–No lo sé, pero significa que alguien ha estado aquí hace poco y tal vez volverá. No estamos tan desamparados como Angie supone –dedujo Nadia.

–Espero que no sean caníbales.

–Eso sería muy mala suerte –dijo ella, pensando en lo que le había oído al misionero sobre el loco que reinaba en la región.

–No veo huellas humanas por ninguna parte –comentó Alexander.

–Tampoco se ven huellas de animales. El terreno es blando y la lluvia las borra.

Varias veces al día caía una fuerte lluvia, que los mojaba como una ducha y terminaba tan de súbito como había comenzado. Esos chaparrones los mantenían empapados, pero no atenuaban el calor, por el contrario, la humedad lo hacía aún más insoportable. Armaron la carpa de Angie, en la cual tendrían que amontonarse cinco de los viajeros, mientras el sexto vigilaba. Por sugerencia del hermano Fernando buscaron excremento de animales para hacer fuego, única manera de mantener a raya a los mosquitos y disimular el olor de los seres hu-

manos, que podría atraer a las fieras de los alrededores.
El misionero los previno contra los chinches, que ponían
huevos entre uña y carne, las heridas se infectaban y después había que levantar las uñas con un cuchillo para
arrancar las larvas, procedimiento parecido a la tortura
china. Para evitarlo se frotaron manos y pies con gasolina. También les advirtió que no dejaran comida al aire
libre, porque atraía las hormigas, que podían ser más peligrosas que los cocodrilos. Una invasión de termitas era
algo aterrador: a su paso desaparecía la vida y no quedaba
más que tierra asolada. Alexander y Nadia habían oído
eso en el Amazonas, pero se enteraron de que las africanas eran aún más voraces. Al atardecer llegó una nube de
minúsculas abejas, las insufribles *mopani*, y a pesar del
humo invadieron el campamento y los cubrieron hasta
los párpados.

—No pican, sólo chupan el sudor. Es mejor no tratar
de espantarlas, ya se acostumbrarán a ellas —dijo el misionero.

—¡Miren! —señaló Joel González.

Por la orilla avanzaba una antigua tortuga cuyo capa-
razón tenía más de un metro de diámetro.

—Debe tener más de cien años —calculó el hermano
Fernando.

—¡Yo sé preparar una deliciosa sopa de tortuga! —exclamó Angie, empuñando un machete–. Hay que aprovechar el momento en que asoma la cabeza para...

–No pensará matarla... –la interrumpió Alexander.

–La concha vale mucho dinero –dijo Angie.

–Tenemos sardinas en lata para la cena –le recordó Nadia, también opuesta a la idea de comerse a la indefensa tortuga.

–No conviene matarla. Tiene un olor fuerte, que puede atraer animales peligrosos –agregó el hermano Fernando.

El centenario animal se alejó con paso tranquilo hacia el otro extremo de la playa, sin sospechar cuán cerca estuvo de acabar en la olla.

Descendió el sol, se alargaron las sombras de los árboles cercanos y por fin refrescó en la playa.

–No voltee los ojos para este lado, hermano Fernando, porque voy a darme un chapuzón en el agua y no quiero tentarlo –se rió Angie Ninderera.

–No le aconsejo acercarse al río, señorita. Nunca se sabe lo que puede haber en el agua –replicó el misionero secamente, sin mirarla.

Pero ella ya se había quitado los pantalones y la blusa y corría en ropa interior hacia la orilla. No cometió la imprudencia de introducirse en el agua más allá de las rodillas y permaneció alerta, lista para salir volando en caso de peligro. Con la misma taza de latón que usaba para el café, empezó a echarse agua en la cabeza con evidente placer. Los demás siguieron su ejemplo, menos el misionero, quien permaneció de espaldas al río dedicado a preparar una magra comida de frijoles y sardinas en lata, y Borobá, que odiaba el agua.

Nadia fue la primera en ver a los hipopótamos. En la penumbra de la tarde se mimetizaban con el color pardo del agua y sólo se dieron cuenta de su presencia cuando los tuvieron muy cerca. Había dos adultos, más pequeños que los de la reserva de Michael Mushaha, remojándose a pocos metros del lugar donde ellos se bañaban. Al tercero, un crío, lo vieron después asomando la cabeza entre los contundentes traseros de sus padres. Sigilosamente, para no provocarlos, los amigos salieron del río y retrocedieron en dirección al campamento. Los pesados animales no manifestaron ninguna curiosidad por los seres humanos; siguieron bañándose tranquilos durante largo rato, hasta que cayó la noche y desaparecieron en la oscuridad. Tenían la piel gris y gruesa, como la de los elefantes, con profundos pliegues. Las orejas eran redondas y pequeñas, los ojos muy brillantes, de color café caoba. Dos bolsas colgaban de las mandíbulas, protegiendo los enormes caninos cuadrados, capaces de triturar un tubo de hierro.

—Andan en pareja y son más fieles que la mayoría de

las personas. Tienen una cría a la vez y la cuidan por años
–explicó el hermano Fernando.

Al ponerse el sol, la noche se dejó caer deprisa y el
grupo humano se vio rodeado por la infranqueable oscuridad del bosque. Sólo en el pequeño claro de la orilla
donde habían aterrizado se podía ver la luna en el cielo.
La soledad era absoluta. Se organizaron para dormir por
turnos, mientras uno de ellos montaba guardia y mantenía encendido el fuego. Nadia, a quien habían exonerado
de esa responsabilidad por ser la más joven, insistió en
acompañar a Alexander durante su turno. Durante la
noche desfilaron diversos animales, que se acercaban a
beber al río, desconcertados por el humo, el fuego y el
olor de los seres humanos. Los más tímidos retrocedían
asustados, pero otros olfateaban el aire, vacilaban y por
fin, vencidos por la sed, se aproximaban. Las instrucciones del hermano Fernando, quien había estudiado la
flora y la fauna de África durante treinta años, eran de no
molestarlos. Por lo general no atacaban a los seres humanos, dijo, salvo que estuvieran hambrientos o fueran
agredidos.

–Eso es en teoría. En la práctica son impredecibles y
pueden atacar en cualquier momento –le rebatió Angie.

–El fuego los mantendrá alejados. En esta playa creo

que estamos a salvo. En el bosque habrá más peligro que aquí... —dijo el hermano Fernando.

—Sí, pero no entraremos al bosque —lo cortó Angie.

—¿Piensa quedarse en esta playa para siempre? —preguntó el misionero.

—No podemos salir de aquí por el bosque. La única ruta es el río.

—¿Nadando? —insistió el hermano Fernando.

—Podríamos construir una balsa —sugirió Alexander.

—Has leído demasiadas novelas de aventuras, chaval —replicó el misionero.

—Mañana tomaremos una decisión, por el momento vamos a descansar —ordenó Kate.

El turno de Alexander y Nadia cayó a las tres de la madrugada. A ellos y Borobá les tocaría ver salir el sol. Sentados espalda contra espalda, con las armas en las rodillas, conversaban en susurros. Se mantenían en contacto cuando estaban separados, pero igual tenían un millar de cosas que contarse cuando se encontraban. Su amistad era muy profunda y calculaban que les duraría el resto de sus vidas. La verdadera amistad, pensaban, resiste el paso del tiempo, es desinteresada y generosa, no pide nada a cambio, sólo lealtad. Sin haberse puesto de acuerdo, defendían ese delicado sentimiento de la curiosidad ajena. Se querían sin alarde, sin grandes demostraciones, discreta y calladamente. Por correo electrónico compartían sueños, pensamientos, emociones y secretos. Se conocían tan bien que no necesitaban decirse mucho, a veces una palabra bastaba para entenderse.

En más de una ocasión su madre le preguntó a Alexander si Nadia era «su chica» y él siempre se lo negó con más energía de la necesaria. No era «su chica» en el sentido vulgar del término. La sola pregunta lo ofendía. Su relación con Nadia no podía compararse con los enamoramientos que solían trastornar a sus amigos, o con sus propias fantasías con Cecilia Burns, la muchacha con quien pensaba casarse desde que entró a la escuela. El cariño entre Nadia y él era único, intocable, precioso. Comprendía que una relación tan intensa y pura no es habitual entre un par de adolescentes de diferente sexo; por lo mismo no hablaba de ella, nadie la entendería.

Una hora más tarde desaparecieron una a una las estrellas y el cielo comenzó a aclarar, primero como un suave resplandor y pronto como un magnífico incendio, alumbrando el paisaje con reflejos anaranjados. El cielo se llenó de pájaros diversos y un concierto de trinos despertó al grupo. Se pusieron en acción de inmediato, unos atizando el fuego y preparando algo para desayunar, otros ayudando a Angie Ninderera a desprender la hélice con la intención de repararla.

Debieron armarse de palos para mantener a raya a los monos que se abalanzaron sobre el pequeño campamento para robar comida. La batalla los dejó extenuados. Los monos se retiraron al fondo de la playa y desde allí vigilaban, esperando cualquier descuido para atacar de nuevo. El calor y la humedad eran agobiantes, tenían la ropa pegada al cuerpo, el cabello mojado, la piel ardiente. Del bosque se desprendía un olor pesado a materia orgánica en descomposición, que se mezclaba con la fetidez del excremento que habían usado para la fogata. La sed los acosaba y debían cuidar las últimas reservas de agua envasada que llevaban en el avión. El hermano Fernando propuso usar el agua del río, pero Kate dijo que les daría tifus o cólera.

—Podemos hervirla, pero con este calor no habrá forma de enfriarla, tendremos que beberla caliente —agregó Angie.

—Entonces hagamos té —concluyó Kate.

El misionero utilizó la olla que colgaba de su mochila para sacar agua del río y hervirla. Era de color óxido, sabor metálico y un extraño olor dulzón, un poco nauseabundo.

Borobá era el único que entraba al bosque en rápidas excursiones, los demás temían perderse en la espesura. Nadia notó que iba y venía a cada rato, con una actitud que al principio era de curiosidad y pronto parecía de desesperación. Invitó a Alexander y ambos partieron detrás del mono.

—No se alejen, chicos —les advirtió Kate.

—Volvemos enseguida —replicó su nieto.

Borobá los condujo sin vacilaciones entre los árboles. Mientras él saltaba de rama en rama, Nadia y Alexander avanzaban con dificultad abriéndose camino entre los tupidos helechos, rogando para no pisar una culebra o encontrarse frente a frente con un leopardo.

Los jóvenes se adentraron en la vegetación sin perder de vista a Borobá. Les pareció que iban por una especie de sendero apenas trazado en el bosque, tal vez una ruta antigua, que las plantas habían cubierto, por donde animales transitaban cuando iban a beber al río. Estaban cubiertos de insectos de pies a cabeza; ante la imposibilidad de librarse ellos, se resignaron a tolerarlos. Era mejor no pensar en la serie de enfermedades transmitidas por insectos, desde malaria hasta el sopor mortal inducido por la mosca tsetsé, cuyas víctimas se hundían en un letargo profundo, hasta que morían atrapadas en el laberinto de sus pesadillas. En algunos lugares debían romper a manotadas las inmensas telarañas que les cerraban el paso; en otros se hundían hasta media pierna en un lodo pegajoso.

De pronto distinguieron en el bullicio continuo del

bosque algo similar a un lamento humano, que los detuvo en seco. Borobá se puso a saltar ansioso, indicándoles que continuaran. Unos metros más adelante vieron de qué se trataba. Alexander, quien abría el camino, estuvo a punto de caer en un hueco que surgió ante sus pies, como una hendidura. El llanto provenía de una forma oscura, que yacía en el hoyo y que a primera vista parecía un gran perro.

—¿Qué es? —murmuró Alexander, sin atreverse a levantar la voz, retrocediendo.

Los chillidos de Borobá se intensificaron, la criatura en el hoyo se movió y entonces se dieron cuenta de que era un simio. Estaba envuelto en una red que lo inmovilizaba por completo. El animal levantó la vista y al verlos comenzó a dar alaridos, mostrando los dientes.

—Es un gorila. No puede salir… —dijo Nadia.

—Esto parece una trampa.

—Hay que sacarlo —propuso Nadia.

—¿Cómo? Nos puede morder…

Nadia se agachó a la altura del animal atrapado y empezó a hablar como lo hacía con Borobá.

—¿Qué le dices? —le preguntó Alexander.

—No sé si me entiende. No todos los monos hablan la misma lengua, Jaguar. En el safari pude comunicarme con los chimpancés, pero no con los mandriles.

—Esos mandriles eran unos desalmados, Águila. No te habrían hecho caso aunque te hubieran entendido.

—No conozco el idioma de los gorilas, pero imagino que será parecido al de otros monos.

—Dile que se quede quieto y veremos si podemos desprenderlo de la red.

Poco a poco la voz de Nadia logró calmar al animal prisionero, pero si intentaban acercarse volvía a mostrar los dientes y a gruñir.

—¡Tiene un bebé! —señaló Alexander.

Era diminuto, no podía tener más de unas cuantas semanas, y se adhería con desesperación al grueso pelaje de su madre.

—Vamos a buscar ayuda. Necesitamos cortar la red —decidió Nadia.

Volvieron a la playa lo más deprisa que el terreno permitía y les contaron a los demás lo que habían encontrado.

—Ese animal puede atacarlos. Los gorilas son pacíficos, pero una hembra con una cría siempre es peligrosa —les advirtió el hermano Fernando.

Pero ya Nadia había echado mano de un cuchillo y partía seguida por el resto del grupo. Joel González apenas podía creer su buena fortuna: iba a fotografiar a un gorila, después de todo. El hermano Fernando se armó de su machete y un palo largo, Angie llevaba el revólver y el rifle. Borobá los condujo directo a la trampa donde estaba la gorila, quien al verse rodeada de rostros humanos se puso frenética.

—En este momento nos vendría muy bien el anestésico de Michael Mushaha —observó Angie.

—Tiene mucho miedo. Trataré de acercarme, ustedes esperen atrás —propuso Nadia.

Los demás retrocedieron varios metros y se agazaparon entre los helechos, mientras Nadia y Alexander se aproximaban centímetro a centímetro, deteniéndose y esperando. La voz de Nadia continuaba su largo monólogo para tranquilizar al pobre animal atrapado. Así transcurrieron varios minutos, hasta que los gruñidos cesaron.

—Jaguar, mira allá arriba —susurró Nadia al oído de su amigo.

Alexander levantó los ojos y vio en la copa del árbol señalado un rostro negro y brillante, con ojos muy juntos y nariz aplastada, observándolo con gran atención.

—Es otro gorila. ¡Y mucho más grande! —replicó Alexander también en un murmullo.

—No lo mires a los ojos, eso es una amenaza para ellos y puede enojarse —le aconsejó ella.

El resto del grupo también lo vio, pero nadie se movió. A Joel González le picaban las manos por enfocar su cámara, pero Kate lo disuadió con una severa mirada. La oportunidad de estar a tan corta distancia de aquellos grandes simios era tan rara, que no podían arruinarla con un movimiento falso. Media hora más tarde nada había sucedido; el gorila del árbol permanecía quieto en su puesto de observación y la figura encogida bajo la red guardaba silencio. Sólo su respiración agitada y la forma en que apretaba a su cría delataban su angustia.

Nadia empezó a gatear hacia la trampa, observada por la aterrorizada hembra desde el suelo y por el macho desde arriba. Alexander la siguió con el cuchillo entre los dientes, sintiéndose vagamente ridículo, como si estuviera en una película de Tarzán. Cuando Nadia estiró la mano para tocar al animal bajo la red, las ramas del árbol donde estaba el otro gorila se balancearon.

—Si ataca a mi nieto, lo matas allí mismo —le sopló Kate a Angie.

Angie no respondió. Temía que aunque el animal estuviera a un metro de distancia no sería capaz de darle un tiro: le temblaba el rifle entre las manos.

La hembra seguía los movimientos de los jóvenes en estado de alerta, pero parecía algo más tranquila, como si hubiera comprendido la explicación, repetida una y otra vez por Nadia, de que esos seres humanos no eran los mismos que habían armado la trampa.

—Quieta, quieta, vamos a liberarte —murmuraba Nadia como una letanía.

Por fin la mano de la muchacha tocó el pelaje negro del simio, que se encogió al contacto y mostró los dientes. Nadia no retiró la mano y poco a poco el animal se tranquilizó. A una seña de Nadia, Alexander comenzó a arrastrarse con prudencia para reunirse con ella. Con mucha lentitud, para no asustarla, acarició también el lomo de la gorila, hasta que ella se familiarizó con su presencia. Respiró hasta el fondo de los pulmones, frotó el amuleto que llevaba al pecho para darse ánimo y empuñó el cuchillo para cortar la cuerda. La reacción del animal al ver el filo del metal a ras de piel fue encogerse como una bola, protegiendo al bebé con su cuerpo. La voz de Nadia le llegaba de lejos, penetrando en su mente aterrorizada, calmándola, mientras sentía a su espalda el roce del cuchillo y los tirones de la red. Cortar las cuerdas resultó una faena más larga de lo supuesto, pero al fin Alexander logró abrir un boquete para liberar a la prisionera. Le hizo una seña a Nadia y los dos retrocedieron varios pasos.

—¡Fuera! ¡Ya puedes salir! —ordenó la joven.

El hermano Fernando avanzó gateando con prudencia y le pasó a Alexander su bastón, quien lo usó para picar delicadamente al bulto acurrucado bajo la red. Eso produjo el efecto esperado, la gorila levantó la cabeza, olfateó el aire y observó a su alrededor con curiosidad. Tardó un poco en comprobar que podía moverse y entonces se irguió, sacudiéndose la red. Nadia y Alexander la vieron de pie, con su cría en el pecho, y tuvieron que taparse la boca para no gritar de excitación. No se movieron. La gorila se agachó, sujetando a su bebé con una mano contra su pecho, y se quedó mirando a los jóvenes con una expresión concentrada.

Alexander se estremeció al comprender cuán cerca estaba el animal. Sintió su calor y un rostro negro y arrugado surgió a diez centímetros del suyo. Cerró los ojos, sudando. Cuando volvió a abrirlos vio vagamente un hocico rosado y lleno de dientes amarillos; tenía los lentes empañados, pero no se atrevió a quitárselos. El aliento de la gorila le dio de lleno en la nariz, tenía un olor agradable a pasto recién cortado. De pronto la manito curiosa del bebé lo cogió por el cabello y le dio un tirón. Alexander, ahogado de felicidad, estiró un dedo y el monito se aferró como hacen los niños recién nacidos. A la madre no le gustó esta muestra de confianza y le propinó un empujón a Alexander, aplastándolo contra el suelo, pero sin agresividad. Lanzó un gruñido enfático, en el tono de quien hace una pregunta, y de dos saltos se alejó hacia el árbol donde aguardaba el macho y ambos se perdieron en el follaje. Nadia ayudó a su amigo a incorporarse.

—¿Vieron? ¡Me tocó! —exclamó Alexander, brincando de entusiasmo.

—Bien hecho, chavales —aprobó el hermano Fernando.

—¿Quién habrá puesto esa red? —preguntó Nadia, pensando que era del mismo material de las cuerdas en la playa.

CAPÍTULO CINCO

El Bosque Embrujado

DE REGRESO EN EL CAMPAMENTO, Joel González improvisó una caña de pescar con bambú y un alambre torcido y se instaló en la orilla con la esperanza de atrapar algo para comer, mientras los demás comentaban la reciente aventura. El hermano Fernando estuvo de acuerdo con la teoría de Nadia: había esperanza de que alguien acudiera a socorrerlos, porque la red indicaba presencia humana. En algún momento los cazadores regresarían en busca del botín.

—¿Por qué cazan a los gorilas? La carne es mala y la piel es fea —quiso saber Alexander.

—La carne es aceptable si no hay otra cosa que comer. Sus órganos se usan en brujería, con la piel y el cráneo hacen máscaras y venden las manos convertidas en ceniceros. A los turistas les encantan —explicó el misionero.

—¡Qué horror!

—En la misión en Ruanda teníamos un gorila de dos años, el único que pudimos salvar. Mataban a las madres y a veces nos traían a los pobres bebés, que quedaban abandonados. Son muy sensibles, se mueren de tristeza, si antes no se mueren de hambre.

—A propósito, ¿ustedes no tienen hambre? —preguntó Alexander.

—Fue mala idea dejar escapar a la tortuga, podríamos haber cenado espléndidamente —apuntó Angie.

Los responsables guardaron silencio. Angie tenía razón: en esas circunstancias no podían darse el lujo de ponerse sentimentales, lo primero era sobrevivir.

—¿Qué pasó con la radio del avión? —preguntó Kate.

—He mandado varios mensajes pidiendo socorro, pero no creo que fueran recibidos, estamos muy lejos. Seguiré tratando de conectarme con Michael Mushaha. Le prometí que lo llamaría dos veces al día. Seguro que le extrañará no recibir noticias nuestras —replicó Angie.

—En algún momento alguien nos echará de menos y saldrá a buscarnos —les consoló Kate.

—Estamos fritos: mi avión en pedazos, nosotros perdidos y hambrientos —farfulló Angie.

—¡Pero qué pesimista es usted, mujer! Dios aprieta, pero no ahoga. Usted verá que nada ha de faltarnos —replicó el hermano Fernando.

Angie cogió al misionero de los brazos y lo levantó unos centímetros del suelo para mirarlo de cerca, ojo a ojo.

—¡Si me hubiera hecho caso, no estaríamos en este embrollo! —exclamó echando chispas.

—La decisión de venir aquí fue mía, Angie —intervino Kate.

Los miembros del grupo se dispersaron por la playa, cada uno ocupado en lo suyo. Con ayuda de Alexander y Nadia, Angie había logrado desprender la hélice y, después de examinarla a fondo, confirmó lo que ya sospechaban: no podrían repararla con los medios a su alcance. Estaban atrapados.

Joel González no confiaba en que algo picara en su primitivo anzuelo, por lo mismo casi se va de espaldas de sorpresa cuando sintió un tirón en el hilo. Los demás acudieron a ayudarlo y por fin, después de un buen rato de forcejeo, sacaron del agua una carpa de buen tamaño. El pez dio coletazos de agonía sobre la arena durante largos minutos, que para Nadia fueron un eterno tormento, porque no podía ver sufrir a los animales.

—Así es la naturaleza, niña. Unos mueren para que otros puedan vivir —la consoló el hermano Fernando.

No quiso agregar que Dios les había enviado la carpa, como realmente pensaba, para no seguir provocando a Angie Ninderera. Limpiaron el pez, lo envolvieron en hojas y lo asaron; nunca habían probado algo tan delicioso. Para entonces la playa ardía como un infierno. Improvisaron sombra con lonas sujetas sobre palos y se echaron a descansar, observados por los monos y unos grandes lagartos verdes que habían salido a tomar sol.

El grupo dormitaba sudando bajo la precaria sombra de las lonas, cuando de pronto surgió del bosque, en el otro extremo de la playa, una verdadera tromba levantando nubes de arena. Al principio creyeron que era un rinoceronte, tanto era el escándalo de su llegada, pero pronto vieron que se trataba de un gran jabalí de pelambre erizado y amenazantes colmillos. La bestia arremetió a ciegas contra el campamento, sin darles oportunidad de empuñar las armas, que habían puesto de lado durante la siesta. Apenas tuvieron tiempo de apartarse cuando los embistió, estrellándose contra los palos que sostenían la lona y echándolos por tierra. Desde las ruinas del toldo los observó con ojos malévolos, resoplando.

Angie Ninderera corrió a buscar su revólver y sus movimientos atrajeron la atención del animal, que se dispuso a atacar de nuevo. Con las pezuñas de las patas delanteras rascó la playa, bajó la cabeza y echó a correr en dirección a Angie, cuya corpulencia presentaba un blanco perfecto.

Cuando el fin de Angie parecía inevitable, el hermano Fernando se interpuso entre ella y el jabalí, agitando un trozo de lona en el aire. La bestia se detuvo en seco, dio media vuelta y se lanzó contra él, pero en el instante del choque el misionero escamoteó el cuerpo con un pase de danza. El jabalí tomó distancia, furioso, y volvió a la carga, enredándose de nuevo en la lona, sin tocar al hombre. Entretanto Angie había empuñado su revólver, pero no se atrevió a disparar porque el animal daba vueltas en torno al hermano Fernando, tan cerca que se confundían.

El grupo comprendió que presenciaba la más original corrida de toros. El misionero usaba la lona como capa, provocaba al animal y lo azuzaba con gritos de «¡Olé, toro!». Lo engañaba, se le ponía por delante, lo enloquecía. Al poco rato lo tenía agotado, a punto de desmoronarse, babeando y con las patas temblorosas. Entonces el hombre le volvió la espalda y, con la suprema arrogancia de un torero, se alejó varios pasos arrastrando la capa, mientras el jabalí hacía esfuerzos por mantenerse sobre sus patas. Angie aprovechó ese instante para matarlo de dos tiros en la cabeza. Un coro de aplausos y rechiflas saludó la atrevida proeza del hermano Fernando.

—¡Vaya qué gustazo me he dado! ¡No toreaba desde hacía treinta y cinco años! —exclamó.

Sonrió por primera vez desde que lo conocían y les contó que el sueño de su juventud fue seguir los pasos de su padre, un famoso torero, pero Dios tenía otros planes para él: unas fiebres tremendas lo dejaron casi ciego y no pudo seguir toreando. Se preguntaba qué haría con su vida cuando se enteró, a través del párroco de su pueblo, de que la Iglesia estaba reclutando misioneros para África. Acudió al llamado sólo por la desesperación de no poder torear, pero pronto descubrió que tenía vocación. Para ser misionero se requerían las mismas virtudes que para torear: valor, resistencia y fe para enfrentar dificultades.

—Lidiar toros es fácil. Servir a Cristo es bastante más complicado —concluyó el hermano Fernando.

—A juzgar por la demostración que nos ha dado, parece que no se requieren buenos ojos para ninguna de las dos cosas —dijo Angie, emocionada porque él le había salvado la vida.

—Ahora tendremos carne para varios días. Hay que cocinarla para que dure un poco más —dijo el hermano Fernando.

—¿Fotografiaste la corrida? —preguntó Kate a Joel González.

El hombre debió admitir que en la excitación del momento había olvidado por completo su obligación.

—¡Yo la tengo! —dijo Alexander, blandiendo la minúscula cámara automática que siempre llevaba consigo.

El único que pudo quitar el cuero y arrancar las vísceras del jabalí resultó ser el hermano Fernando, porque en su pueblo había visto muchas veces faenar cerdos. Se quitó la camisa y puso manos a la obra. No contaba con cuchillos apropiados, de manera que la tarea resultó lenta y sucia. Mientras él trabajaba, Alexander y Joel González, armados de palos, espantaban a los buitres que volaban en círculos sobre sus cabezas. Al cabo de una hora la carne que podían aprovechar estuvo lista. Echaron al río los restos, para evitar moscas y animales carnívoros, que sin duda llegarían atraídos por el olor de la sangre. El misionero desprendió los colmillos del cerdo salvaje con el cuchillo y, después de limpiarlos con arena, se los dio a Alexander y a Nadia.

—Para que se los lleven de recuerdo a Estados Unidos —dijo.

—Si es que salimos con vida de aquí —agregó Angie.

Gran parte de la noche cayeron breves chubascos, que dificultaban mantener encendido el fuego. Lo defendieron protegiéndolo con una lona, pero se apagaba a menudo y al fin se resignaron a dejarlo morir. Durante el turno de Angie sucedió el único incidente, que después ella describió como «una escapada milagrosa». Un cocodrilo, defraudado porque no pudo atrapar una presa en la orilla del río, se atrevió a acercarse al tenue resplandor de las brasas y de la lámpara de petróleo. Angie, agazapada bajo un trozo de plástico para no mojarse, no lo oyó. Se dio cuenta de su presencia cuando lo tuvo tan cerca que pudo ver sus fauces abiertas a menos de un metro de sus piernas. En una fracción de segundo pasó por su mente la premonición de Ma Bangesé, la adivina del mercado, creyó que había llegado su última hora y no tuvo presencia de ánimo para usar el fusil que descansaba a su lado. El instinto y el susto la hicieron retroceder a saltos y lanzar unos alaridos pavorosos, que despertaron a sus amigos. El cocodrilo vaciló unos segundos y enseguida atacó de nuevo. Angie echó a correr, tropezó y se cayó, rodando hacia un lado para escabullirse del animal.

El primero en acudir a los gritos de Angie fue Alexander, quien acababa de salir de su saco de dormir, porque tocaba su turno de vigilancia. Sin pensar en lo que hacía, tomó lo primero que encontró a mano y asestó un garrotazo con todas sus fuerzas en el hocico a la bestia. El muchacho chillaba más que Angie y repartía golpes y patadas a ciegas, la mitad de los cuales no caían sobre el cocodrilo. De inmediato los demás acudieron a socorrerlo y Angie, recuperada de la sorpresa, comenzó a disparar su arma sin apuntar. Un par de balas dieron en el blanco pero no penetraron en las gruesas escamas del saurio. Por fin el alboroto y los golpes de Alexander lo hicieron desistir de su cena y partió indignado dando coletazos en dirección al río.

—¡Era un cocodrilo! —exclamó Alexander, tartamudeante y tembloroso, sin poder creer que había batallado con uno de esos monstruos.

—Ven para darte un beso, hijo, me salvaste la vida —lo llamó ella, estrujándolo en su amplio pecho.

Alexander sintió que le crujían las costillas y lo sofocaba una mezcla de olor a miedo y a perfume de gardenias, mientras Angie lo cubría de sonoros besos, riéndose y llorando de nervios.

Joel González se acercó a examinar el arma que había empleado Alexander.

—¡Es mi cámara! —exclamó.

Lo era. El estuche de cuero negro estaba destrozado, pero la pesada máquina alemana había resistido el rudo encuentro con el cocodrilo sin aparente daño.

—Perdona, Joel. La próxima vez usaré la mía —dijo Alexander señalando su pequeña cámara de bolsillo.

Por la mañana dejó de llover y aprovecharon para lavar la ropa, con un fuerte jabón de creolina que Angie llevaba en su equipaje, y ponerla a secar al sol. Desayunaron carne asada, galletas y té. Estaban planeando la forma de construir una balsa, tal como Alexander había sugerido el primer día, para flotar río abajo hasta la aldea más cercana, cuando surgieron dos canoas aproximándose por el río. El alivio y la alegría fueron tan explosivos que todos corrieron lanzando alaridos de júbilo, como los náufragos que eran. Al verlos, las canoas se detuvieron a cierta distancia y los tripulantes comenzaron a remar en sentido contrario, alejándose. Iban dos hombres en cada una, vestidos con pantalones cortos y camisetas. Angie les saludó a gritos en inglés y otros idiomas locales que pudo recordar, rogándoles que regresaran, que estaban dispuestos a pagarles si los ayudaban. Los hombres consultaron entre sí y por fin la curiosidad o la codicia los venció y empezaron a remar, acercándose cautelosamente a la orilla. Comprobaron que había una mujer robusta, una extraña abuela, dos adolescentes, un tipo flaco con lentes gruesos y otro hombre que tampoco parecía de temer; formaban un grupo más bien ridículo. Una vez convencidos de que esa gente no presentaba peligro, a pesar de las armas en manos de la dama gorda, saludaron con gestos y desembarcaron.

Los recién llegados se presentaron como pescadores provenientes de una aldea situada algunas millas hacia el sur. Eran fuertes, macizos, casi cuadrados, con la piel muy oscura, e iban armados con machetes. Según el hermano Fernando, eran de raza bantú.

Debido a la colonización, la segunda lengua de la región era el francés. Ante la sorpresa de su nieto, resultó que Kate Cold lo hablaba pasablemente y así pudo intercambiar algunas frases con los pescadores. El hermano Fernando y Angie conocían varias lenguas africanas, y aquello que los demás no lograron expresar en francés ellos lo transmitieron. Explicaron el accidente, les mostraron el avión averiado y les pidieron ayuda para salir de allí. Los bantúes bebieron las cervezas tibias que les ofrecieron y devoraron unos trozos de jabalí, pero no se ablandaron hasta que acordaron un precio y Angie les repartió cigarrillos, que tuvieron el poder de relajarlos.

Entretanto, Alexander echó una mirada en las canoas y como no vio ningún implemento de pesca, concluyó que los tipos mentían y no eran de fiar. Los demás del grupo tampoco estaban tranquilos.

Mientras los hombres de las canoas comían, bebían y fumaban, el grupo de amigos se apartó para discutir la situación. Angie aconsejó no descuidarse, porque podrían asesinarlos para robarles, aunque el hermano Fernando creía que eran enviados del cielo para ayudarlos en su misión.

—Estos hombres nos llevarán río arriba a Ngoubé. Según el mapa… —dijo.

—¡Cómo se le ocurre! —lo interrumpió Angie—. Iremos

al sur, a la aldea de estos hombres. Allí debe existir algún medio de comunicación. Tengo que conseguir otra hélice y regresar a buscar mi avión.

—Estamos muy cerca de Ngoubé. No puedo abandonar a mis compañeros, quién sabe qué penurias están pasando —alegó el hermano Fernando.

—¿No le parece que ya tenemos bastantes problemas? —replicó la pilota.

—¡Usted no respeta la labor de los misioneros! —exclamó el hermano Fernando.

—¿Acaso usted respeta a las religiones africanas? ¿Por qué trata de imponernos sus creencias? —replicó Angie.

—¡Cálmense! Tenemos asuntos más urgentes que resolver —los urgió Kate.

—Sugiero que nos separemos. Los que deseen, van al sur con usted; los que quieran acompañarme, van en la otra canoa a Ngoubé —propuso el hermano Fernando.

—¡De ninguna manera! Juntos estamos más seguros —interrumpió Kate.

—¿Por qué no lo sometemos a votación? —sugirió Alexander.

—Porque en este caso no se aplica la democracia, joven —sentenció el misionero.

—Entonces dejemos que Dios lo decida —dijo Alexander.

—¿Cómo?

—Lancemos una moneda al aire: cara vamos al sur, sello vamos al norte. Está en manos de Dios o de la suerte, como prefieran —explicó el joven sacando una moneda del bolsillo.

Angie Ninderera y el hermano Fernando vacilaron por unos instantes y enseguida se echaron a reír. La idea les pareció de un humor irresistible.

—¡Hecho! —exclamaron al unísono.

Los demás aprobaron también. Alexander le pasó la moneda a Nadia, quien la tiró al aire. El grupo contuvo la respiración hasta que cayó sobre la arena.

—¡Sello! ¡Vamos al norte! —gritó triunfante el hermano Fernando.

—Le daré tres días en total, hombre. Si en ese plazo no ha encontrado a sus amigos, regresamos, ¿entendido? —rugió Angie.

—Cinco días.

—Cuatro.

—Está bien, cuatro días y ni un minuto menos —aprobó a regañadientes el misionero.

Convencer a los supuestos pescadores de que los lle- varan hacia el sitio señalado en el mapa resultó más complicado de lo previsto. Los hombres explicaron que nadie se aventuraba por esos lados sin autorización del rey Kosongo, quien no simpatizaba con extranjeros.

—¿Rey? En este país no hay reyes, hay un presidente y un parlamento, se supone que es una democracia… —dijo Kate.

Angie les aclaró que además del gobierno nacional, ciertos clanes y tribus de África tenían reyes e incluso algunas reinas, cuyo papel era más simbólico que político, como algunos soberanos que aún quedaban en Europa.

—Los misioneros mencionaron en sus cartas a un tal rey Kosongo, pero se referían más al comandante Maurice Mbembelé. Parece que el militar es quien manda —dijo el hermano Fernando.

—Tal vez no se trata de la misma aldea —sugirió Angie.

—No me cabe duda de que es la misma.

—No me parece prudente introducirnos en las fauces del lobo —comentó Angie.

—Debemos averiguar qué pasó con los misioneros —dijo Kate.

—¿Qué sabe sobre Kosongo, hermano Fernando? —preguntó Alexander.

—No mucho. Parece que Kosongo es un usurpador; lo puso en el trono el comandante Mbembelé. Antes había una reina, pero desapareció. Se supone que la mataron, nadie la ha visto en varios años.

—¿Y qué contaron los misioneros de Mbembelé? —insistió Alexander.

—Estudió un par de años en Francia, de donde fue expulsado por líos con la policía —explicó el hermano Fernando.

Agregó que de vuelta en su país, Maurice Mbembelé entró al ejército, pero también allí tuvo problemas por su temperamento indisciplinado y violento. Fue acusado de poner fin a una revuelta asesinando a varios estudiantes y quemando casas. Sus superiores le echaron tierra al asunto, para evitar que saliera en la prensa, y se quitaron al oficial de encima enviándolo al punto más ignorado del mapa. Esperaban que las fiebres de los pantanos y las picaduras de mosquitos le curaran el mal carácter o acabaran con él. Allí Mbembelé se perdió en la espesura, junto a un puñado de sus hombres más leales, y poco después reapareció en Ngoubé. Según contaron los misioneros en sus cartas, Mbembelé se acuarteló en la aldea y desde allí controlaba la zona. Era un bruto, imponía los castigos más crueles a la gente. Decían incluso que en más de una ocasión se había comido el hígado o el corazón de sus víctimas.

—Es canibalismo ritual, se supone que así se adquiere el valor y la fuerza del enemigo derrotado —aclaró Kate.

—Idi Amín, un dictador de Uganda, solía servir en la cena a sus ministros asados al horno —agregó Angie.

—El canibalismo no es tan raro como creemos, lo vi en Borneo hace algunos años —explicó Kate.

—¿De verdad presenciaste actos de canibalismo, Kate...? —preguntó Alexander.

—Eso pasó cuando estuve en Borneo haciendo un reportaje. No vi cómo cocinaban gente, si a eso te refieres, hijo, pero lo supe de primera mano. Por precaución sólo comí frijoles en lata —le contestó su abuela.

—Creo que me voy a convertir en vegetariano —concluyó Alexander, asqueado.

El hermano Fernando les contó que el comandante Mbembelé no veía con buenos ojos la presencia de los misioneros cristianos en su territorio. Estaba seguro de que no durarían mucho: si no morían de alguna enfermedad tropical o a causa de un oportuno accidente, los vencería el cansancio y la frustración. Les permitió construir una pequeña escuela y un dispensario con los medicamentos que llevaron, pero no autorizó a los niños a asistir a clases ni a los enfermos a acercarse a la misión. Los hermanos se dedicaron a impartir conocimientos de higiene a las mujeres, hasta que eso también fue prohibido. Vivían aislados, bajo constante amenaza, a merced de los caprichos del rey y el comandante.

El hermano Fernando sospechaba, por las pocas noticias que los misioneros lograron enviar, que Kosongo y Mbembelé financiaban su reino de terror con contrabando. Esa región era rica en diamantes y otras piedras preciosas. Además, había uranio que todavía no se había explotado.

—¿Y las autoridades no hacen nada al respecto? —preguntó Kate.

—¿Dónde cree que está, señora? Por lo visto no sabe cómo se manejan las cosas por estos lados —replicó el hermano Fernando.

Los bantúes aceptaron llevarlos al territorio de Kosongo por un precio en dinero, cerveza y tabaco, además de dos cuchillos. El resto de las provisiones fueron colocadas en bolsos; escondieron al fondo el licor y los cigarrillos, que eran más apreciados que dinero y podían usar para pagar servicios y sobornos. Latas de sardinas y duraznos al jugo, fósforos, azúcar, leche en polvo y jabón también eran muy valiosos.

—Mi vodka no la tocará nadie —rezongó Kate Cold.

—Lo más necesario son antibióticos, pastillas para malaria y suero contra picaduras de serpientes —dijo Angie, empacando el botiquín de emergencia del avión, que también contenía la ampolla de anestésico que le había dado Michael Mushaha de muestra.

Los bantúes voltearon las canoas y las levantaron con un palo para improvisar dos techos, bajo los cuales descansaron, después de haber bebido y cantado a voz en cuello hasta altas horas. Aparentemente nada temían de los blancos ni de los animales. Los demás, en cambio, no se sentían seguros. Aferrados a sus armas y sus bultos, no pegaron los ojos por vigilar a los pescadores, que dormían a pierna suelta. Poco después de las cinco amaneció. El paisaje, envuelto en misteriosa bruma, parecía una delicada acuarela. Mientras los extranjeros, exhaustos, realizaban los preparativos para marcharse, los bantúes corrían por la arena pateando una pelota de trapo en un vigoroso partido de fútbol.

El hermano Fernando hizo un pequeño altar coronado por una cruz hecha con dos palos, y llamó a rezar. Los bantúes se acercaron por curiosidad y los demás por cortesía, pero la solemnidad que impartió al acto logró conmover a todos, incluso a Kate, quien había visto tantos ritos diferentes en sus viajes que ya ninguno le impresionaba.

Cargaron las delgadas canoas, distribuyendo lo mejor posible el peso de los pasajeros y los bultos, y dejaron en el avión lo que no pudieron llevarse.

–Espero que nadie venga en nuestra ausencia –dijo Angie, dándole una palmada de despedida al *Súper Halcón*.

Era el único capital que tenía en este mundo y temía

que le robaran hasta el último tornillo. «Cuatro días no es mucho», murmuró para sus adentros, pero el corazón se le encogió, lleno de malos presentimientos. Cuatro días en esa jungla eran una eternidad.

Partieron alrededor de las ocho de la mañana. Colgaron las lonas como toldos en las canoas para protegerse del sol, que ardía sin piedad sobre sus cabezas cuando iban por el medio del río. Mientras los extranjeros padecían de sed y calor, acosados por abejas y moscas, los bantúes remaban sin esfuerzo contra la corriente, animándose unos a otros con bromas y largos tragos de vino de palma, que llevaban en envases de plástico. Lo obtenían del modo más simple: hacían un corte en forma de V en la base del tronco de las palmeras, colgaban una calabaza debajo y esperaban a que se llenara con la savia del árbol, que luego dejaban fermentar.

Había una algarabía de aves en el aire y una fiesta de diversos peces en el agua; vieron hipopótamos, tal vez la misma familia que habían encontrado en la orilla durante la primera noche, y cocodrilos de dos clases, unos grises y otros más pequeños color café. Angie, a salvo en la canoa, aprovechó para cubrirlos de insultos. Los bantúes quisieron lacear a uno de los más grandes, cuya piel podían vender a buen precio, pero Angie se puso histérica y los demás tampoco aceptaron compartir el reducido espacio de la embarcación con el animal, por mucho que le ataran las patas y el hocico: habían tenido ocasión de apreciar sus hileras de dientes renovables y la fuerza de sus coletazos.

Una especie de culebra oscura pasó rozando una de las canoas y de repente se infló, transformándose en un pájaro con alas de rayas blancas y cola negra, que se elevó, perdiéndose en el bosque. Más tarde una gran sombra voló sobre sus cabezas y Nadia dio un grito de reconocimiento: era un águila coronada. Angie contó que había visto a una de ellas levantar una gacela en sus garras. Nenúfares blancos flotaban entre grandes hojas carnosas, formando islas, que debían sortear con cuidado para evitar que los botes se atascaran en las raíces. En ambas orillas la vegetación era tupida, colgaban lianas, helechos, raíces y ramas. De vez en cuando surgían puntos de color en el verde uniforme de la naturaleza: orquídeas moradas, rojas, amarillas y rosadas.

Gran parte del día navegaron hacia el norte. Los remeros, incansables, no variaron el ritmo de sus movimientos ni siquiera a la hora de más calor, cuando los demás estaban medio desmayados. No se detuvieron para comer; debieron darse por satisfechos con galletas, agua embotellada y un puñado de azúcar. Nadie quiso sardinas, cuyo solo olor les revolvía el estómago.

A eso de la media tarde, cuando el sol todavía estaba

alto, pero el calor había disminuido un poco, uno de los bantúes señaló la orilla. Las canoas se detuvieron. El río se bifurcaba en un brazo ancho, que continuaba hacia el norte, y un delgado canal, que se internaba en la espesura hacia la izquierda. A la entrada del canal vieron en tierra firme algo que parecía un espantapájaros. Era una estatua de madera de tamaño humano, vestida de rafia, plumas y tiras de piel, tenía cabeza de gorila, con la boca abierta como en un grito espantoso. En las cuencas de los ojos tenía dos piedras incrustadas. El tronco estaba lleno de clavos y la cabeza coronada por una incongruente rueda de bicicleta a modo de sombrero, de la cual colgaban huesos y manos disecadas, tal vez de monos. Lo rodeaban varios muñecos igualmente pavorosos y cráneos de animales.

—¡Son muñecos satánicos de brujería! —exclamó el hermano Fernando, haciendo el signo de la cruz.

—Son un poco más feos que los santos de las iglesias católicas —le contestó Kate en tono sarcástico.

Joel González y Alexander enfocaron sus cámaras.

Los bantúes, aterrorizados, anunciaron que hasta allí no más llegaban y aunque Kate los tentó con más dinero y cigarrillos, se negaron a continuar. Explicaron que ese macabro altar señalaba la frontera del territorio de Kosongo. De allí hacia dentro eran sus dominios, nadie podía internarse sin su permiso. Agregaron que podrían llegar a la aldea antes que cayera la noche siguiendo una huella en el bosque. No estaba muy lejos, dijeron, sólo una o dos horas de marcha. Debían guiarse por los árboles marcados con tajos de machete. Los remeros atracaron las frágiles embarcaciones a la orilla y sin esperar instrucciones empezaron a lanzar los bultos a tierra.

Kate les pagó una parte de lo debido y, mediante su mal francés y la ayuda del hermano Fernando, logró comunicarles que debían regresar a buscarlos a ese mismo punto dentro de cuatro días, entonces recibirían el resto del dinero prometido y un premio en cigarrillos y latas de durazno al jugo. Los bantúes aceptaron con fingidas sonrisas y, retrocediendo a tropezones, treparon en sus canoas y se alejaron como si los persiguieran demonios.

—¡Qué tipos tan excéntricos! —comentó Kate.

—Me temo que no volveremos a verlos —agregó Angie, preocupada.

—Mejor emprendemos la marcha antes que oscurezca —dijo el hermano Fernando, colocándose la mochila a la espalda y empuñando un par de bultos.

CAPÍTULO SEIS

Los Pigmeos

LA HUELLA ANUNCIADA por los bantúes era invisible. El terreno resultó ser un lodazal sembrado de raíces y ramas, donde a menudo se hundían los pies en una nata blanda de insectos, sanguijuelas y gusanos. Unas ratas gordas y grandes, como perros, se escurrían a su paso. Por fortuna llevaban botas hasta media pierna, que al menos los protegían de las serpientes. Era tanta la humedad que Alexander y Kate optaron por quitarse los lentes empañados, mientras el hermano Fernando, quien poco o nada veía sin los suyos, debía limpiarlos cada cinco minutos. En aquella vegetación lujuriosa no era fácil descubrir los árboles marcados por los machetes.

Una vez más Alexander comprobó que el clima del trópico agotaba el cuerpo y producía una pesada indiferencia en el alma. Echó de menos el frío limpio y vivificante de las montañas nevadas que solía escalar con su padre y que tanto amaba. Pensó que si él se sentía abrumado, su abuela debía estar al borde de un ataque al corazón, pero Kate rara vez se quejaba. La escritora no estaba dispuesta a dejarse vencer por la vejez. Decía que los años se notan cuando se encorva la espalda y se emiten ruidos: toses, carraspeos, crujir de huesos, gemidos. Por lo mismo ella andaba muy derecha y sin hacer ruido. El grupo avanzaba casi a tientas, mientras los monos les tiraban proyectiles desde los árboles. Los amigos tenían una idea general de la dirección a seguir, pero no sospechaban la distancia que los separaba de la aldea; menos aún sospechaban el tipo de recibimiento que les esperaba.

Caminaron durante más de una hora, pero avanzaron poco, era imposible apurar el paso en ese terreno. Debieron atravesar varios pantanos con el agua hasta la cintura. En uno de ellos Angie Ninderera pisó en falso y dio un grito al comprender que se hundía en barro movedizo y sus esfuerzos por desprenderse eran inútiles. El hermano Fernando y Joel González sujetaron un extremo del rifle y ella se agarró a dos manos del otro, así la llevaron a tierra firme. En el proceso Angie soltó el bulto que llevaba.

—¡Perdí mi bolso! —exclamó Angie al ver que éste se hundía irremediablemente en el barro.

—No importa, señorita, lo esencial es que pudimos sacarla —replicó el hermano Fernando.

—¿Cómo que no importa? ¡Allí están mis cigarros y mi lápiz de labios!

Kate dio un suspiro de alivio: al menos no tendría que oler el maravilloso tabaco de Angie, la tentación era demasiado grande.

Aprovecharon un charco para lavarse un poco, pero debieron resignarse al barro metido en las botas. Además, tenían la incómoda sensación de ser observados desde la espesura.

—Creo que nos espían —dijo Kate por último, incapaz de soportar la tensión por más tiempo.

Se pusieron en círculo, armados con su reducido arsenal: el revólver y el rifle de Angie, un machete y un par de cuchillos.

—Que Dios nos ampare —musitó el hermano Fernando, una invocación que escapaba de sus labios cada vez con más frecuencia.

A los pocos minutos surgieron cautelosamente de la espesura unas figuras humanas tan pequeñas como niños; el más alto no alcanzaba el metro cincuenta. Tenían la piel de un color café amarillento, las piernas cortas, los brazos y el tronco largos, los ojos muy separados, las narices aplastadas, el cabello agrupado en motas.

—Deben ser los famosos pigmeos del bosque —dijo Angie, saludándolos con un gesto.

Estaban apenas cubiertos con taparrabos; uno llevaba una camiseta rotosa que le colgaba hasta debajo de las rodillas. Iban armados con lanzas, pero no las blandían amenazantes, sino que las usaban como bastones. Llevaban una red enrollada en un palo, que cargaban entre dos. Nadia se dio cuenta de que era idéntica a la que había atrapado a la gorila en el lugar donde aterrizaron con el avión, a muchas millas de distancia. Los pigmeos contestaron al saludo de Angie con una sonrisa confiada y unas palabras en francés, luego se lanzaron en un incesante parloteo en su lengua, que nadie entendió.

—¿Pueden llevarnos a Ngoubé? —les interrumpió el hermano Fernando.

—¿Ngoubé? *Non... non...!* —exclamaron los pigmeos.

—Tenemos que ir a Ngoubé —insistió el misionero.

El de la camiseta resultó ser quien mejor podía comunicarse, porque además de su reducido vocabulario en francés contaba con varias palabras en inglés. Se presentó como Beyé-Dokou. Otro lo señaló con un dedo y dijo que era el *tuma* de su clan, es decir, el mejor cazador. Beyé-Dokou lo hizo callar con un empujón amistoso, pero por la expresión satisfecha de su rostro pareció orgulloso del título. Los demás se echaron a reír a carcajadas, burlándose a voz en cuello de él. Cualquier asomo de vanidad era muy mal visto entre los pigmeos.

Beyé-Dokou hundió la cabeza entre los hombros, avergonzado. Con alguna dificultad logró explicar a Kate que no debían acercarse a la aldea, porque era un lugar muy peligroso, sino alejarse de allí lo más deprisa posible.

—Kosongo, Mbembelé, Sombe, soldados… —repetía y hacía gestos de terror.

Cuando le notificaron que debían ir a Ngoubé a cualquier costo y que las canoas no regresarían a buscarlos antes de cuatro días, pareció muy preocupado, consultó largamente con sus compañeros y por último ofreció guiarlos por una ruta secreta del bosque de vuelta a donde habían dejado el avión.

—Ellos deben ser los que pusieron la red donde cayó la gorila —comentó Nadia, observando la que llevaban dos de los pigmeos.

—Parece que la idea de ir a Ngoubé no les parece muy conveniente —comentó Alexander.

—He oído que ellos son los únicos seres humanos capaces de vivir en la selva pantanosa. Pueden desplazarse por el bosque y se orientan por instinto. Es mejor que vayamos con ellos, antes de que sea demasiado tarde —dijo Angie.

—Ya estamos aquí y seguiremos a la aldea de Ngoubé. ¿No fue eso lo que acordamos? —dijo Kate.

—A Ngoubé —repitió el hermano Fernando.

Los pigmeos expresaron con gestos elocuentes su opinión sobre la extravagancia que eso significaba, pero finalmente aceptaron guiarlos. Dejaron la red bajo un árbol y sin más trámite les quitaron los bultos y las mochilas a los extranjeros, se los echaron a la espalda, y partieron trotando entre los helechos con tal prisa que resultaba casi imposible seguirlos. Eran muy fuertes y ágiles, cada uno llevaba más de treinta kilos de peso encima, pero eso no les molestaba, los músculos de piernas y brazos eran de cemento armado; mientras que los expedicionarios jadeaban, a punto de desmayarse de fatiga y calor, ellos corrían con pasos cortos y los pies hacia fuera, como patos, sin el menor esfuerzo y sin cesar de hablar.

Beyé-Dokou les contó de los tres personajes que había mencionado antes, el rey Kosongo, el comandante Mbembelé y Sombe, a quien describió como un terrible hechicero.

Les explicó que el rey Kosongo nunca tocaba el suelo con los pies, porque si lo hacía, la tierra temblaba. Dijo que llevaba la cara cubierta, para que nadie viera sus ojos; éstos eran tan poderosos que una sola mirada podía matar de lejos. Kosongo no dirigía la palabra a nadie, porque su voz era como el trueno: dejaba sorda a la gente y aterrorizaba a los animales. El rey hablaba sólo a través de la Boca Real, un personaje de la corte entrenado para soportar la potencia de su voz, cuya tarea también consistía en probar su comida, para evitar que lo envenenaran o le hicieran daño con magia negra a través de los alimentos. Les advirtió que mantuvieran siempre la cabeza más baja que la del rey. Lo correcto era caer de bruces y arrastrarse en su presencia.

El hombrecito de la camiseta amarilla describió a Mbembelé apuntando un arma invisible, disparando y cayendo al suelo como muerto; también dando lanzazos y cortando manos y pies con machete o hacha. La mímica no podía ser más clara. Agregó que jamás debían contrariarlo; pero fue evidente que a quien más temía era a Sombe. El solo nombre del brujo ponía a los pigmeos en estado de terror.

El sendero era invisible, pero sus pequeños guías lo habían recorrido muchas veces y para avanzar no necesitaban consultar las señales en los árboles. Pasaron frente a un claro en la espesura, donde había otras muñecas vudú parecidas a las que habían visto antes, pero éstas eran de color rojizo, como óxido. Al acercarse vieron que se trataba de sangre seca. En torno a ellas había pilas de basura, cadáveres de animales, frutas podridas, trozos de mandioca, calabazas con diversos líquidos, tal vez vino de palma y otros licores. El olor era insoportable. El hermano Fernando se persignó y Kate le recordó al espantado Joel González que estaba allí para tomar fotografías.

—Espero que no sea sangre humana, sino de animales sacrificados —murmuró el fotógrafo.

—La aldea de los antepasados —dijo Beyé-Dokou señalando el delgado sendero que comenzaba en la muñeca y se perdía en el bosque.

Explicó que había que dar un rodeo para llegar a Ngoubé, porque no se podía pasar por los dominios de los antepasados, donde rondaban los espíritus de los muertos. Era una regla básica de seguridad: sólo un necio o un lunático se aventuraría por ese lado.

—¿De quiénes son esos antepasados? —inquirió Nadia.

A Beyé-Dokou le costó un poco comprender la pregunta, pero al fin la captó con ayuda del hermano Fernando.

—Son nuestros antepasados —aclaró, señalando a sus compañeros y haciendo gestos para indicar que eran de baja estatura.

—¿Kosongo y Mbembelé tampoco se acercan a la aldea fantasma de los pigmeos? —insistió Nadia.

—Nadie se acerca. Si los espíritus son molestados, se

vengan. Entran en los cuerpos de los vivos, se apoderan de la voluntad, provocan enfermedad y sufrimientos, también la muerte –contestó Beyé-Dokou.

Los pigmeos indicaron a los forasteros que debían apurarse, porque en la noche salían también los espíritus de los animales a cazar.

–¿Cómo saben si es un fantasma de animal o un animal común y corriente? –preguntó Nadia.

–Porque el espectro no tiene el olor del animal. Un leopardo que huele a antílope, o una serpiente que huele a elefante, es un espectro –le explicaron.

–Hay que tener buen olfato y acercarse mucho para distinguirlos… –se burló Alexander.

Beyé-Dokou les contó que antes ellos no tenían miedo de la noche o de los espíritus de animales, sólo de los antepasados, porque estaban protegidos por Ipemba-Afua. Kate quiso saber si se trataba de alguna divinidad, pero él la sacó de su error: era un amuleto sagrado que había pertenecido a su tribu desde tiempos inmemoriales. Por la descripción que lograron entender, se trataba de un hueso humano, y contenía un polvo eterno que curaba muchos males. Habían usado ese polvo infinidad de veces durante muchas generaciones, sin que se terminara. Cada vez que abrían el hueso, lo encontraban lleno de aquel mágico producto. Ipemba-Afua representaba el alma de su pueblo, dijeron; era su fuente de salud, de fuerza y de buena suerte para la caza.

—¿Dónde está? —preguntó Alexander.

Les informó, con lágrimas en los ojos, que Ipemba-Afua había sido arrebatado por Mbembelé y ahora estaba en poder de Kosongo. Mientras el rey tuviera el amuleto, ellos carecían de alma, estaban a su merced.

Entraron en Ngoubé con las últimas luces del día, cuando sus habitantes comenzaban a encender antorchas y fogatas para alumbrar la aldea. Pasaron ante unas escuálidas plantaciones de mandioca, café y banano, un par de altos corrales de madera —tal vez para animales— y una hilera de chozas sin ventanas, con paredes torcidas y techos en ruina. Unas cuantas vacas de cuernos largos masticaban las hierbas del suelo y por todas partes correteaban pollos medio desplumados, perros famélicos y monos salvajes. Unos metros más adelante se abría una avenida o plaza central bastante amplia, rodeada de viviendas más decentes, chozas de barro con techo de cinc corrugado o paja.

Con la llegada de los extranjeros se produjo una gritería y en pocos minutos acudió la gente de la aldea a ver qué sucedía. Por su aspecto parecían bantúes, como los hombres de las canoas que los habían llevado hasta la bifurcación del río. Mujeres en andrajos y niños desnudos formaban una masa compacta a un lado del patio, a través de la cual se abrieron paso cuatro hombres más altos que el resto de la población, indudablemente de otra raza. Vestían rotosos pantalones de uniforme del ejército e iban armados con rifles anticuados y cinturones de balas. Uno tenía un casco de explorador adornado con unas plumas, una camiseta y sandalias de plástico, los otros llevaban el torso desnudo y estaban descalzos; lucían tiras de piel de leopardo atadas en los bíceps o en torno a la cabeza y cicatrices rituales en las mejillas y brazos. Eran unas líneas de puntos, como si debajo de la piel hubiera piedrecillas o cuentas incrustadas.

Con la aparición de los soldados cambió la actitud de los pigmeos, la seguridad y la alegre camaradería que demostraron en el bosque desaparecieron de sopetón; tiraron su carga al suelo, agacharon las cabezas y se retiraron como perros apaleados. Beyé-Dokou fue el único que se atrevió a hacer un leve gesto de despedida a los extranjeros.

Los soldados apuntaron sus armas a los recién llegados y ladraron unas palabras en francés.

—Buenas tardes —saludó Kate en inglés, quien encabezaba la fila y no se le ocurrió otra cosa que decir.

Los soldados ignoraron su mano estirada, los rodearon y los empujaron con los cañones de las armas contra la pared de una choza, ante los ojos curiosos de los mirones.

–Kosongo, Mbembelé, Sombe... –gritó Kate.

Los hombres vacilaron ante el poder de esos nombres y comenzaron a discutir en su idioma. Hicieron esperar al grupo durante un tiempo que pareció eterno, mientras uno de ellos iba en busca de instrucciones.

Alexander se fijó en que a algunas personas les faltaban una mano o las orejas. También vio que varios de los niños, que observaban la escena desde cierta distancia, tenían horribles úlceras en la cara. El hermano Fernando le aclaró que eran provocadas por un virus transmitido por las moscas; él había visto lo mismo en los campamentos de refugiados en Ruanda.

–Se cura con agua y jabón, pero por lo visto aquí no hay ni siquiera eso –agregó.

–¿No dijo usted que los misioneros tenían un dispensario? –preguntó Alexander.

–Esas úlceras son muy mal signo, hijo; significan que mis hermanos no están aquí, de otro modo ya las habrían curado –replicó el misionero, preocupado.

Mucho rato después, cuando ya era noche cerrada, el mensajero regresó con la orden de conducirlos al Árbol de las Palabras, donde se decidían los asuntos de gobierno. Les indicaron que cogieran sus bultos y los siguieran.

La multitud se apartó abriendo camino y el grupo atravesó el patio o plaza que dividía la aldea. En el centro vieron que se alzaba un árbol magnífico, cuyas ramas cubrían como un paraguas el ancho del recinto. El tronco tenía unos tres metros de diámetro y las gruesas raíces expuestas al aire caían como largos tentáculos desde la altura y se hundían en el suelo. Allí aguardaba el impresionante Kosongo.

El rey estaba sobre una plataforma, sentado en un sillón de felpa roja y madera dorada con patas torcidas, de un anticuado estilo francés. A ambos lados se erguían un par de colmillos de elefante colocados verticalmente y varias pieles de leopardo cubrían el suelo. Rodeaban el trono una serie de estatuas de madera con expresiones terroríficas y muñecos de brujería. Tres músicos con chaquetas azules de uniforme militar, pero sin pantalones y descalzos, golpeaban unos palos. Antorchas humeantes y un par de fogatas alumbraban la noche, dando a la escena un aire teatral.

Kosongo iba ataviado con un manto enteramente bordado de conchas, plumas y otros objetos inesperados, como tapas de botella, rollos de película y balas. El manto debía pesar unos cuarenta kilos y además llevaba un monumental sombrero de un metro de altura, adornado con cuatro cuernos de oro, símbolos de potencia y valor. Lucía collares de colmillos de león, varios amuletos y una piel de pitón enrollada en la cintura. Una cortina de cuentas de vidrio y oro le tapaba la cara. Un bastón de oro macizo, con una cabeza disecada de mono en la empuñadura, le servía de cetro o báculo. Del bastón colgaba un hueso tallado con delicados dibujos; por el tamaño y la forma, parecía una tibia humana. Los forasteros dedujeron que posiblemente era Ipemba-Afua, el amuleto que habían descrito los pigmeos. El rey usaba voluminosos anillos de oro en los dedos con formas de animales y gruesas pulseras del mismo metal, que le cubrían los brazos hasta el codo. Su aspecto era tan impresionante como el de los soberanos de Inglaterra en el día de su coronación, aunque en otro estilo.

En un semicírculo en torno al trono se hallaban los guardias y ayudantes del rey. Parecían bantúes, como el resto de la población de la aldea, en cambio el rey era aparentemente de la misma raza alta que los soldados. Como estaba sentado, era difícil calcular su tamaño, pero parecía enorme, aunque eso también podía ser efecto del manto y el sombrero. Al comandante Maurice Mbembelé y al brujo Sombe no se les veía en parte alguna.

Mujeres y pigmeos no formaban parte del entorno real, pero detrás de la corte masculina había una veintena de mujeres muy jóvenes, que se distinguían del resto de los habitantes de Ngoubé porque estaban vestidas con telas de vistosos colores y adornadas con pesadas joyas de oro. En la luz vacilante de las antorchas, el metal amarillo relucía contra su piel oscura. Algunas sostenían infantes en los brazos y había varios niños pequeños jugueteando a su alrededor. Dedujeron que se trataba de la familia del rey y les llamó la atención que las mujeres parecían tan sumisas como los pigmeos. Por lo visto no sentían orgullo de su posición social, sino miedo.

El hermano Fernando les informó que la poligamia es común en África y a menudo el número de esposas y de hijos indica poder económico y prestigio. En el caso de un rey, cuantos más hijos tiene, más próspera es su nación. En ese aspecto, como en muchos otros, la influencia del cristianismo y de la cultura occidental no había cambiado las costumbres. El misionero aventuró que las mujeres de Kosongo tal vez no habían escogido su suerte, sino que habían sido obligadas a casarse.

Los cuatro soldados altos empujaron a los extranjeros, indicándoles que debían postrarse ante el rey. Cuando Kate intentó levantar la vista, un golpe en la cabeza la hizo desistir de inmediato. Así quedaron, tragando el polvo de la plaza, humillados y temblando, durante largos e incómodos minutos, hasta que cesó el golpeteo de los palos de los músicos y un sonido metálico puso fin a la espera. Los prisioneros se atrevieron a mirar hacia el trono: el extraño monarca agitaba una campana de oro en la mano.

Cuando murió el eco de la campana, uno de los consejeros se adelantó y el rey le dijo algo al oído. El hombre se dirigió a los extranjeros en una mezcolanza de francés, inglés y bantú para anunciar, a modo de introducción, que Kosongo había sido designado por Dios y tenía la misión divina de gobernar. Los forasteros volvieron a enterrar la nariz en el polvo, sin ánimo de poner en duda esta afirmación. Comprendieron que se trataba de la Boca Real, tal como les había explicado Beyé-Dokou. Enseguida el emisario preguntó cuál era el propósito de esa visita en los dominios del magnífico soberano Kosongo. Su tono amenazante no dejó lugar a dudas sobre lo que pensaba del asunto. Nadie contestó. Los únicos que entendieron sus palabras fueron Kate y el hermano Fernando, pero estaban ofuscados, desconocían el protocolo y no querían arriesgarse a cometer una imprudencia; tal vez la pregunta era sólo retórica y Kosongo no esperaba respuesta.

El rey aguardó unos segundos en medio de un silencio

absoluto, luego agitó de nuevo la campana, lo cual fue interpretado por el pueblo como una orden. La aldea entera, menos los pigmeos, empezó a gritar y amenazar con los puños, cerrando el círculo en torno al grupo de visitantes. Curiosamente, no parecía una revuelta popular, sino un acto teatral ejecutado por malos actores; no había el menor entusiasmo en el bochinche, incluso algunos se reían con disimulo. Los soldados que disponían de armas de fuego coronaron la manifestación colectiva con una inesperada salva de balas al aire, que produjo una estampida en la plaza. Adultos, niños, monos, perros y gallinas corrieron a refugiarse lo más lejos posible y los únicos que quedaron bajo el árbol fueron el rey, su reducida corte, su atemorizado harén y los prisioneros, tirados en el suelo, cubriéndose la cabeza con los brazos, seguros de que había llegado su última hora.

La calma volvió de a poco al villorrio. Una vez concluida la balacera y disipado el ruido, la Boca Real repitió la pregunta. Esta vez Kate Cold se levantó sobre las rodillas, con la poca dignidad que sus viejos huesos le permitían, manteniéndose por debajo de la altura del temperamental soberano, tal como Beyé-Dokou les había instruido, y se dirigió al intermediario con firmeza, pero tratando de no provocarlo.

—Somos periodistas y fotógrafos —dijo, señalando vagamente a sus compañeros.

El rey cuchicheó algo a su ayudante y éste repitió sus palabras.

—¿Todos?

—No, Su Serenísima Majestad, esa dama es dueña del avión que nos trajo hasta aquí y el señor con lentes es un misionero —explicó Kate apuntando a Angie y al hermano Fernando. Y agregó antes que preguntaran por Alexander y Nadia—: Hemos venido de muy lejos a entrevistar a Su Originalísima Majestad, porque su fama ha traspasado las fronteras y se ha regado por el mundo.

Kosongo, quien parecía saber mucho más francés que la Boca Real, fijó la vista en la escritora con expresión de profundo interés, pero también de desconfianza.

—¿Qué quieres decir, mujer vieja? —preguntó a través del otro hombre.

—En el extranjero hay gran curiosidad por su persona, Su Altísima Majestad.

—¿Cómo es eso? —dijo la Boca Real.

—Usted ha logrado imponer paz, prosperidad y orden en esta región, Su Absolutísima Majestad. Han llegado noticias de que usted es un valiente guerrero, se sabe de su autoridad, sabiduría y riqueza. Dicen que usted es tan poderoso como el antiguo rey Salomón.

Kate continuó con su discurso, enredándose en las palabras, porque no había practicado francés en veinte años, y en las ideas, porque no tenía demasiada fe en su plan. Estaban en pleno siglo XXI: ya no quedaban de esos reyezuelos bárbaros de las malas películas, que se espantaban con un oportuno eclipse de sol. Supuso que Kosongo estaba un poco pasado de moda, pero no era ningún tonto: un eclipse de sol no bastaría para convencerlo. Se le ocurrió, sin embargo, que debía ser susceptible a la adulación, como la mayoría de los hombres con poder. No estaba en su carácter echar flores a nadie, pero en su larga vida había comprobado que se le puede decir a un hombre la lisonja más ridícula y por lo general la cree. Su única esperanza era que Kosongo se tragara aquel burdo anzuelo.

Sus dudas se disiparon muy pronto, porque la táctica de halagar al rey tuvo el efecto esperado. Kosongo estaba convencido de su origen divino. Por años nadie había cuestionado su poder; la vida y la muerte de sus súbditos dependían de sus caprichos. Consideró normal que un grupo de periodistas cruzara medio mundo para entrevistarlo; lo raro era que no lo hubieran hecho antes. Decidió recibirlos como merecían.

Kate Cold se preguntó de dónde provenía tanto oro, porque la aldea era de las más pobres que ella había visto.

¿Qué otras riquezas había en manos del rey? ¿Cuál era la relación de Kosongo y el comandante Mbembelé? Posiblemente los dos planeaban retirarse a disfrutar de sus fortunas en un lugar más atractivo que ese laberinto de pantanos y jungla. Entretanto la gente de Ngoubé vivía en la miseria, sin comunicación con el mundo exterior, electricidad, agua limpia, educación o medicamentos.

CAPÍTULO SIETE

Prisioneros de Kosongo

CON UNA MANO, Kosongo agitó la campanilla de oro y con la otra ordenó a los habitantes de la aldea, que continuaban ocultos tras las chozas y los árboles, que se acercaran. La actitud de los soldados cambió, incluso se inclinaron para ayudar a los extranjeros a levantarse y trajeron unos banquitos de tres patas, que pusieron a su disposición. La población se aproximó cautelosamente.

—¡Fiesta! ¡Música! ¡Comida! —ordenó Kosongo a través de la Boca Real, indicando al aterrorizado grupo de forasteros que podían tomar asiento en los banquitos.

El rostro cubierto por la cortina de cuentas del rey se volvió hacia Angie. Sintiéndose examinada, ella procuró desaparecer detrás de sus compañeros, pero en realidad su volumen resultaba imposible de disimular.

—Creo que me está mirando. Sus ojos no matan, como dicen, pero siento que me desnudan —le susurró a Kate.

—Tal vez pretende incorporarte a su harén —replicó ésta en broma.

—¡Ni muerta!

Kate admitió para sus adentros que Angie podía competir en belleza con cualquiera de las esposas de Kosongo; a pesar de que ya no era tan joven. Allí las niñas se casaban en la adolescencia y la pilota podía considerarse una mujer madura en África; pero su figura alta y gorda, sus dientes muy blancos y su piel lustrosa resultaban muy atrayentes. La escritora sacó de su mochila una de sus preciosas botellas de vodka y la puso a los pies del monarca, pero éste no pareció impresionado. Con un gesto despectivo, Kosongo autorizó a sus súbditos a disfrutar del modesto regalo. La botella pasó de mano en mano entre los soldados. Enseguida el rey sacó un cartón de cigarrillos entre los pliegues de su manto y los soldados los repartieron de a uno por cabeza entre los hombres de la aldea. Las mujeres, que no se consideraban de la misma especie que los varones, fueron ignoradas. Tampoco les ofrecieron a los extranjeros, ante la desesperación de Angie, quien empezaba a sufrir los efectos de la falta de nicotina.

Las esposas del rey no recibían más consideración que el resto de la población femenina de Ngoubé. Un viejo severo tenía la tarea de mantenerlas en orden, para lo cual disponía de una delgada caña de bambú, que no vacilaba en usar para golpearles las piernas cuando le daba la gana. Aparentemente no era mal visto maltratar a las reinas en público.

El hermano Fernando se atrevió a preguntar por los misioneros ausentes y la Boca Real respondió que nunca hubo misioneros en Ngoubé. Agregó que no habían ido extranjeros a la aldea por años, excepto un antropólogo que llegó a medir las cabezas de los pigmeos y salió escapando pocos días más tarde, porque no soportó el clima ni los mosquitos.

—Ése debió ser Ludovic Leblanc —suspiró Kate.

Recordó que Leblanc, su archienemigo y socio en la Fundación Diamante, le había dado a leer su ensayo sobre los pigmeos del bosque ecuatorial, publicado en una revista científica. Según Leblanc, los pigmeos eran la sociedad más libre e igualitaria que se conocía. Hombres y mujeres vivían en estrecha camaradería, los esposos cazaban juntos y se repartían por igual el cuidado de los niños. Entre ellos no había jerarquías, los únicos cargos honoríficos eran «jefe», «curandero» y «mejor cazador», pero esas posiciones no traían consigo poder ni privilegios, sólo deberes. No existían diferencias entre hombres y mujeres o entre viejos y jóvenes; los niños no debían obediencia a los padres. La violencia entre miembros del clan era desconocida. Vivían en grupos familiares, nadie poseía más bienes que otro, producían sólo lo indispensable para el consumo del día. No había incentivo para acumular bienes, porque apenas alguien adquiría algo su familia tenía derecho a quitárselo. Todo se compartía. Eran un pueblo ferozmente independiente, que no había sido subyugado ni siquiera por los colonizadores europeos, pero en tiempos recientes muchos de ellos habían sido esclavizados por los bantúes.

Kate nunca estaba segura de cuánta verdad contenían los trabajos académicos de Leblanc, pero su intuición le advirtió que, en lo referente a los pigmeos, el pomposo profesor podía estar en lo correcto. Por primera vez, Kate lo echaba de menos. Discutir con Leblanc era la sal de su vida, eso la mantenía combativa; no le convenía pasar mucho tiempo lejos de él, porque se le podía ablandar el carácter. Nada temía tanto la vieja escritora como la idea de convertirse en una abuelita inofensiva.

El hermano Fernando estaba seguro de que la Boca Real mentía respecto a los misioneros perdidos e insistió con sus preguntas, hasta que Angie y Kate le recordaron el protocolo. Era evidente que el tema molestaba al rey. Kosongo parecía una bomba de tiempo lista para explotar y ellos estaban en una posición muy vulnerable.

Para festejar a los visitantes les ofrecieron calabazas con vino de palma, unas hojas con aspecto de espinaca y budín de mandioca; también una cesta con grandes ratas, que habían asado en las hogueras y aliñado con chorros de un aceite anaranjado, obtenido de semillas de palma. Alexander cerró los ojos, pensando con nostalgia en las latas de sardinas que había en su mochila, pero una patada de su abuela lo devolvió a la realidad. No era prudente rechazar la cena del rey.

—¡Son ratones, Kate! —exclamó, tratando de controlar las náuseas.

—No seas fastidioso. Saben a pollo —replicó ella.

—Eso dijiste de la serpiente del Amazonas y no era cierto —le recordó su nieto.

El vino de palma resultó ser un espantoso brebaje dulce y nauseabundo, que el grupo de amigos probó por cortesía, pero no pudo tragar. Por su parte, los soldados y otros hombres de la aldea lo bebieron a grandes sorbos, hasta que no quedó nadie sobrio. Aflojaron la vigilancia, pero los prisioneros no tenían dónde escapar, estaban rodeados por la jungla, la miasma de los pantanos y el peligro de los animales salvajes. Las ratas asadas y las hojas resultaron bastante más pasables de lo que su aspecto hacía suponer, en cambio el budín de mandioca sabía a pan remojado en agua jabonosa, pero estaban hambrientos y se atragantaron de comida sin hacer remilgos. Nadia se limitó a la amarga espinaca, pero Alexander se sorprendió chupando con mucho agrado los huesitos de una pata de ratón. Su abuela tenía razón: tenía gusto a pollo. Más bien dicho, a pollo ahumado.

De súbito Kosongo volvió a agitar su campana de oro.

—¡Ahora quiero a mis pigmeos! —gritó la Boca Real a los soldados y añadió para beneficio de los visitantes—: Tengo muchos pigmeos, son mis esclavos. No son humanos, viven en el bosque como los monos.

Llevaron a la plaza varios tambores de diferentes tamaños, algunos tan grandes que debían ser cargados entre dos hombres, otros hechos con pieles estiradas sobre calabazas o con mohosos bidones de gasolina. A una orden de los soldados, el reducido grupo de pigmeos, el mismo que condujo a los extranjeros hasta Ngoubé y que permanecía aparte, fue empujado hacia los instrumentos. Los hombres se colocaron en sus puestos cabizbajos, reticentes, sin atreverse a desobedecer.

—Tienen que tocar música y bailar para que sus antepasados conduzcan un elefante hasta sus redes. Mañana salen de caza y no pueden volver con las manos vacías —explicó Kosongo utilizando a la Boca Real.

Beyé-Dokou dio unos golpes tentativos, como para establecer el tono y entrar en calor, y enseguida se sumaron los demás. La expresión de sus rostros cambió, parecían transfigurados, los ojos brillaban, los cuerpos se movían al compás de sus manos, mientras aumentaba el volumen y se aceleraba el ritmo de los sonidos. Parecían incapaces de resistir la seducción de la música que ellos mismos creaban. Sus voces se elevaron en un canto extraordinario, que ondulaba en el aire como una serpiente y de pronto se detenía para dar paso a un contrapunto. Los tambores adquirieron vida, compitiendo unos con otros, sumándose, palpitando, animando la noche. Alexander calculó que media docena de orquestas de percusión con amplificadores eléctricos no podría igualar aquello. Los pigmeos reproducían en sus burdos instrumentos las voces de la naturaleza; algunas delicadas, como agua entre piedras o salto de gacelas; otras profundas, como pasos de elefantes, truenos o galope de búfalos; otras eran lamentos de amor, gritos de guerra o gemidos de dolor. La música aumentaba en intensidad y rapidez, alcanzando un apogeo, luego disminuía hasta convertirse en un suspiro casi inaudible. Así se repetían los ciclos, nunca iguales, cada uno magnífico, llenos de gracia y emoción, como sólo los mejores músicos de jazz podrían igualar.

A otra señal de Kosongo trajeron a las mujeres, que hasta entonces los extranjeros no habían visto. Las tenían en los corrales de animales que había a la entrada de la aldea. Eran de raza pigmea, todas jóvenes, vestidas sólo con faldas de rafia. Avanzaron arrastrando los pies, con una actitud humillada, mientras los guardias les daban órdenes a gritos y las amenazaban. Al verlas hubo una reacción como de parálisis entre los músicos, los tambores se detuvieron de súbito y por unos instantes sólo su eco vibró en el bosque.

Los guardias levantaron los bastones y las mujeres se encogieron, abrazándose mutuamente para protegerse. De inmediato los instrumentos volvieron a resonar con nuevos bríos. Entonces, ante la mirada impotente de los visitantes, se produjo un diálogo mudo entre ellas y los músicos. Mientras los hombres azotaban los tambores expresando toda la gama de emociones humanas, desde la ira y el dolor hasta el amor y la nostalgia, las mujeres bailaban en círculo, balanceando las faldas de rafia, levantando los brazos, golpeando el suelo con los pies desnudos, contestando con sus movimientos y su canto al llamado angustioso de sus compañeros. El espectáculo era de una intensidad primitiva y dolorosa, insoportable.

Nadia ocultó la cara entre las manos; Alexander la abrazó con firmeza, sujetándola, porque temió que su amiga saltara al centro del patio con intención de poner fin a esa danza degradante. Kate se acercó para advertirles que no hicieran ni un movimiento en falso, porque podía ser fatal. Bastaba ver a Kosongo para comprender sus razones: parecía poseído. Se estremecía al ritmo de los tambores como sacudido por corriente eléctrica, siempre sentado sobre el sillón francés que le servía de trono. Los adornos del manto y el sombrero tintineaban, sus pies marcaban el ritmo de los tambores, sus brazos se agitaban haciendo sonar las pulseras de oro. Varios miembros de su corte y hasta los soldados embriagados se pusieron a danzar también y después lo hicieron los demás habitantes de la aldea. Al poco rato había un pandemonio de gente retorciéndose y brincando.

La demencia colectiva cesó tan súbitamente como había comenzado. Ante una señal que sólo ellos percibieron, los músicos dejaron de golpear los tambores y el patético baile de sus compañeras se detuvo. Las mujeres se agruparon y retrocedieron hacia los corrales. Al callarse los tambores Kosongo se inmovilizó de inmediato y el resto de la población siguió su ejemplo. Sólo el sudor que le corría por los brazos desnudos recordaba su danza en el trono. Entonces los forasteros se fijaron en que lucía en los brazos las mismas cicatrices rituales de los cuatro soldados y que, como ellos, tenía brazaletes de piel de leopardo en los bíceps. Sus cortesanos se apresuraron a acomodarle el pesado manto sobre los hombros y el sombrero, que se le había torcido.

La Boca Real explicó a los forasteros que si no se iban pronto, les tocaría presenciar Ezenji, la danza de los muertos, que se practica en funerales y ejecuciones.

Ezenji era también el nombre del gran espíritu. Esta noticia no cayó bien en el grupo, como era de esperar. Antes que alguien se atreviera a pedir detalles, el mismo personaje les comunicó en nombre del rey que serían conducidos a sus «aposentos».

Cuatro hombres levantaron la plataforma donde estaba el sillón real y se llevaron a Kosongo en andas rumbo a su vivienda, seguido por sus mujeres, que cargaban los dos colmillos de elefante y guiaban a sus hijos. Tanto habían bebido los portadores, que el trono se balanceaba peligrosamente.

Kate y sus amigos tomaron sus bultos y siguieron a dos bantúes provistos de antorchas, que los guiaron alumbrando el sendero. Iban escoltados por un soldado con brazalete de leopardo y un fusil. El efecto del vino de palma y la desenfrenada danza los había puesto de buen humor; iban riéndose, bromeando y dándose palmadas bonachonas unos a otros, pero eso no tranquilizó a los amigos, porque resultaba obvio que los llevaban prisioneros.

Los llamados «aposentos» resultaron ser una construcción rectangular de barro y techo de paja, más grande que las demás viviendas, al otro extremo de la aldea, en el borde mismo de la jungla. Contaba con dos huecos en el muro a modo de ventanas y una entrada sin puerta. Los hombres de las antorchas alumbraron el interior y, ante la repugnancia de quienes iban a pasar la noche allí, millares de cucarachas se escurrieron por el suelo hacia los rincones.

—Son los bichos más antiguos del mundo, existen hace trescientos millones de años —dijo Alexander.

—Eso no los hace más agradables —apuntó Angie.

—Las cucarachas son inofensivas —agregó Alexander, aunque en realidad no estaba seguro de que lo fueran.

—¿Habrá culebras aquí? —preguntó Joel González.

—Las pitones no atacan en la oscuridad —se burló Kate.

—¿Qué es este terrible olor? —preguntó Alexander.

—Pueden ser orines de rata o excremento de murciélagos —aclaró el hermano Fernando sin inmutarse, porque había pasado por experiencias similares en Ruanda.

—Viajar contigo siempre es un placer, abuela —se rió Alexander.

—No me llames abuela. Si no te gustan las instalaciones, ándate al Sheraton.

—¡Me muero por fumar! —gimió Angie.

—Ésta es tu oportunidad de dejar el vicio —replicó Kate, sin mucho convencimiento, porque también echaba de menos su vieja pipa.

Uno de los bantúes encendió otras antorchas, que estaban colocadas en las paredes, y el soldado les ordenó que no salieran hasta el día siguiente. Si quedaban dudas sobre sus palabras, el gesto amenazante con el arma las disipó.

El hermano Fernando quiso averiguar si había alguna letrina cerca y el soldado se rió; la idea le resultó muy divertida. El misionero insistió y el otro perdió la paciencia y le dio un empujón con la culata del fusil, lanzándolo al suelo. Kate, habituada a hacerse respetar, se interpuso con gran decisión, plantándose delante del agresor y, antes que éste arremetiera también contra ella, le puso una lata de duraznos al jugo en la mano. El hombre tomó el soborno y salió; a los pocos minutos regresó con un balde de plástico y se lo entregó a Kate sin más explicaciones. Ese destartalado recipiente sería la única instalación sanitaria.

—¿Qué significan esas tiras de piel de leopardo y las cicatrices de los brazos? Los cuatro soldados tienen las mismas —comentó Alexander.

—Lástima que no podamos comunicarnos con Leblanc; seguro que podría darnos una explicación —dijo Kate.

—Creo que esos hombres pertenecen a la Hermandad del Leopardo. Es una cofradía secreta que existe en varios países de África —dijo Angie—. Los reclutan en la adolescencia y los marcan con esas cicatrices, así pueden reconocerse en cualquier parte. Son guerreros mercenarios, combaten y matan por dinero. Tienen la reputación de ser brutales. Hacen un juramento de ayudarse durante toda la vida y matar a los enemigos mutuos. No tienen familia ni ataduras de ninguna clase, salvo la unión con sus Hermanos del Leopardo.

—Solidaridad negativa. Es decir, cualquier acto cometido por uno de los nuestros se justifica, no importa cuán horrendo sea —aclaró el hermano Fernando—. Es lo contrario de la solidaridad positiva, que une a la gente para construir, plantar, nutrir, proteger a los débiles, mejorar las condiciones de vida. La solidaridad negativa es la de la guerra, la violencia, el crimen.

—Veo que estamos en muy buenas manos… —suspiró Kate, muy cansada.

El grupo se dispuso a pasar una mala noche, vigilados desde la puerta por los dos guardias bantúes armados de machetes. El soldado se retiró. Apenas se acomodaron en el suelo con los bultos por almohadas, regresaron las cucarachas a pasearse por encima de ellos. Debieron resignarse a las patitas que se les introducían por las orejas, les rascaban los párpados y curioseaban bajo la ropa. Angie y Nadia, quienes tenían el cabello largo, se amarraron pañuelos para evitar que los insectos anidaran en sus cabezas.

–Donde hay cucarachas, no hay culebras –dijo Nadia. La idea acababa de ocurrírsele y dio el resultado esperado: Joel González, quien hasta entonces era un manojo de nervios, se tranquilizó como por obra de encantamiento, feliz de tener a las cucarachas por compañeras.

Durante la noche anterior, cuando a sus compañeros finalmente los rindió el sueño, Nadia decidió actuar. Era tanta la fatiga de los demás, que lograron dormir al menos durante unas horas, a pesar de las ratas, las cucarachas y la amenazante cercanía de los hombres de Kosongo. Nadia, sin embargo, estaba muy perturbada por el espectáculo de los pigmeos y decidió averiguar qué pasaba en esos corrales, donde había visto desaparecer a las mujeres después de la danza. Se quitó las botas y echó mano de una linterna. Los dos guardias, sentados al lado, afuera, con sus machetes sobre las rodillas, no constituían un impedimento para ella, porque llevaba tres años practicando el arte de la invisibilidad aprendido de los indios del Amazonas. La «gente de la neblina» desaparecía, mimetizada en la naturaleza, con los cuerpos pintados, en silencio, moviéndose con liviandad y con una concentración mental tan profunda que sólo podía sostenerse por tiempo limitado. Esa «invisibilidad» le había servido a Nadia para salir de apuros en más de una ocasión, por eso la practicaba a menudo. Entraba y salía de clase sin que sus compañeros o profesores se dieran cuenta y más tarde ninguno recordaba si ese día ella había estado en la escuela. Circulaba en el metro de Nueva York atestado de gente sin ser vista y para probarlo se colocaba a pocos centímetros de otro pasajero, mirándolo a la cara, sin que el afectado manifestara reacción alguna. Kate Cold, que vivía con Nadia, era la principal víctima de este tenaz entrenamiento, porque nunca estaba segura de si la chica estaba allí o si la había soñado.

La joven ordenó a Borobá quedarse quieto en la choza, porque no podía llevarlo consigo; enseguida respiró hondo varias veces, hasta calmar por completo su ansiedad, y se concentró en desaparecer. Cuando estuvo lista, su cuerpo se movió en estado casi hipnótico. Pasó por encima de los cuerpos de sus amigos dormidos sin tocarlos y se deslizó hacia la salida. Afuera los guardias, aburridos e intoxicados con vino de palma, habían decidido turnarse para vigilar. Uno de ellos estaba echado contra la pared roncando y el otro escrutaba la negrura de la selva un poco asustado, porque temía a los espectros del bosque. Nadia se asomó al umbral, el hombre se volvió hacia ella y por un momento los ojos de ambos se cruzaron. Al guardia le pareció estar en presencia de alguien, pero de inmediato esa impresión se borró y un sopor irresistible lo obligó a bostezar. Se quedó en su sitio, luchando contra el sueño, con el machete abandonado en el suelo, mientras la silueta delgada de la joven se alejaba.

Nadia atravesó la aldea en el mismo estado etéreo, sin llamar la atención de las pocas personas que permanecían despiertas. Pasó cerca de las antorchas que alumbraban las construcciones de barro del recinto real. Un mono insomne saltó de un árbol y cayó a sus pies, haciéndola volver a su cuerpo durante unos instantes, pero enseguida se concentró y siguió avanzando. No sentía su peso, le parecía ir flotando. Así llegó a los corrales, dos perímetros rectangulares hechos con troncos clavados en tierra y amarrados con lianas y tiras de cuero. Una parte de cada corral tenía techo de paja, la otra mitad estaba abierta al cielo. La puerta se cerraba mediante una pesada tranca que sólo podía abrirse por el exterior. Nadie vigilaba.

La chica caminó en torno a los corrales tanteando la empalizada con las manos, sin atreverse a encender la linterna. Era un cerco firme y alto, pero una persona decidida podía aprovechar las protuberancias de la madera y los nudos de las cuerdas para treparlo. Se preguntó por qué las pigmeas no escapaban. Después de dar un par de vueltas y comprobar que no había nadie por los alrededores, decidió levantar la tranca de una de las puertas. En su estado de invisibilidad, sólo podía moverse con mucho cuidado, pero no podía actuar como lo hacía normalmente; debió salir del trance para forzar la puerta.

Los sonidos del bosque poblaban la noche: voces de animales y pájaros, murmullos entre los árboles y suspiros en la tierra. Nadia pensó que con razón la gente no salía de la aldea por la noche: era fácil atribuir esos ruidos a razones sobrenaturales. Sus esfuerzos para abrir la puerta no resultaron silenciosos, porque la madera crujía. Unos perros se aproximaron ladrando, pero Nadia les habló en idioma canino y se callaron al punto. Le pareció oír un llanto de niño, pero a los pocos segundos cesó; ella volvió a ponerle el hombro a la tranca, que resultó más pesada de lo imaginado. Por fin logró sacar la viga de los soportes, entreabrió el portón y se deslizó al interior.

Para entonces sus ojos se habían acostumbrado a la noche y pudo darse cuenta de que estaba en una especie de patio. Sin saber qué iba a encontrar, avanzó calladamente hacia la parte techada con paja, calculando su retirada en caso de peligro. Decidió que no podía aventurarse en la oscuridad y, después de una breve vacilación, encendió su linterna. El rayo de luz alumbró una escena tan inesperada que Nadia soltó un grito y casi deja caer la linterna. Unas doce o quince figuras muy pequeñas estaban de pie al fondo de la estancia, con la espalda contra la empalizada. Creyó que eran niños, pero enseguida se dio cuenta de que eran las mismas mujeres que habían danzado para Kosongo. Parecían tan aterrorizadas como lo estaba ella misma, pero no emitieron ni el menor sonido; se limitaron a mirar a la intrusa con ojos desorbitados.

—Chisss... —dijo Nadia, llevándose un dedo a los labios—. No les voy a hacer daño, soy amiga... —agregó en brasilero, su idioma natal, y luego lo repitió en todas las lenguas que conocía.

Las prisioneras no entendieron todas sus palabras, pero adivinaron sus intenciones. Una de ellas dio un paso adelante, aunque permaneció encogida y con el rostro oculto, y tendió a ciegas un brazo. Nadia se acercó y la tocó. La otra se retiró, temerosa, pero luego se atrevió a echar una mirada de reojo y debió haber quedado satisfecha con el rostro de la joven forastera, porque sonrió. Nadia estiró su mano de nuevo y la mujer hizo lo mismo; los dedos de ambas se entrelazaron y ese contacto físico resultó ser la forma más transparente de comunicación.

—Nadia, Nadia —se presentó la muchacha tocándose el pecho.

—Jena —replicó la otra.

Pronto las demás rodearon a Nadia, tanteándola con curiosidad, mientras cuchicheaban y se reían. Una vez descubierto el lenguaje común de las caricias y la mímica, el resto fue fácil. Las pigmeas explicaron que habían sido separadas de sus compañeros, a los cuales Kosongo obligaba a cazar elefantes, no por la carne, sino por los colmillos, que vendía a contrabandistas. El rey tenía otro clan de esclavos que explotaba una mina de diamantes algo más al norte. Así había hecho su fortuna. La recompensa de los cazadores eran cigarrillos, algo de comida y el derecho a ver a sus familias por un rato. Cuando el marfil o los diamantes no eran suficientes, intervenía el comandante Mbembelé. Había muchos castigos; el más soportable era la muerte, el más atroz era perder a sus hijos, que eran vendidos como esclavos a los contrabandistas. Jena agregó que quedaban muy pocos elefantes en el bosque, los pigmeos debían buscarlos más y más lejos. Los hombres no eran numerosos y ellas no podían ayudarlos, como siempre habían hecho. Al escasear los elefantes, la suerte de sus niños era muy incierta.

Nadia no estaba segura de haber entendido bien. Suponía que la esclavitud había terminado hacía tiempo, pero la mímica de las mujeres era muy clara. Después Kate le confirmaría que en algunos países aún existen esclavos. Los pigmeos se consideraban criaturas exóticas y los compraban para hacer trabajos degradantes o, si tenían buena fortuna, para divertir a los ricos o para los circos.

Las prisioneras contaron que ellas hacían las labores pesadas en Ngoubé, como plantar, acarrear agua, limpiar y hasta construir las chozas. Lo único que deseaban era reunirse con sus familias y volver a la selva, donde su pueblo había vivido en libertad durante miles de años. Nadia les demostró con gestos que podían trepar la empalizada y escapar, pero ellas replicaron que los niños estaban encerrados en el otro corral a cargo de un par de abuelas, no podían huir sin ellos.

—¿Dónde están sus maridos? —preguntó Nadia.

Jena le indicó que vivían en el bosque y sólo tenían permiso para visitar la aldea cuando traían carne, pieles o marfil. Los músicos que tocaron los tambores durante la fiesta de Kosongo eran sus maridos, dijeron.

CAPÍTULO OCHO

El Amuleto Sagrado

DESPUÉS DE DESPEDIRSE de las pigmeas y prometer-les que las ayudaría, Nadia regresó a su choza tal como había salido, utilizando el arte de la invisibilidad. Al lle-gar comprobó que sólo había un guardia, el otro se había ido y el que quedaba roncaba como un bebé, gracias al vino de palma, lo cual ofrecía una inesperada ventaja. La chica se deslizó silenciosa como una ardilla junto a Ale-xander, lo despertó tapándole la boca con la mano y en pocas palabras le contó lo sucedido en el corral de las es-clavas.

—Es horrible, Jaguar, debemos hacer algo.

—¿Qué, por ejemplo?

—No sé. Antes los pigmeos vivían en el bosque y te-nían relaciones normales con los habitantes de esta aldea. En esa época había una reina llamada Nana-Asante. Pertenecía a otra tribu y venía de muy lejos, la gente creía que había sido enviada por los dioses. Era cu-randera, conocía el uso de plantas medicinales y exorcis-mos. Me dijeron que antes había caminos anchos en el bosque, hechos por las patas de cientos de elefantes, pero ahora quedan muy pocos y la selva se ha tragado los caminos. Los pigmeos se convirtieron en esclavos cuando les quitaron el amuleto mágico, como dijo Beyé-Dokou.

—¿Sabes dónde está?

—Es el hueso tallado que vimos en el cetro de Kosongo —explicó Nadia.

Discutieron un buen rato, proponiendo diferentes ideas, cada una más arriesgada que la anterior. Por fin acordaron, como primer paso, recuperar el amuleto y llevárselo a la tribu, para devolverle la confianza y el valor. Tal vez así los pigmeos imaginarían alguna forma de liberar a sus mujeres y niños.

—Si conseguimos el amuleto, yo iré a buscar a Beyé-Dokou al bosque —dijo Alexander.

—Te perderías.

—Mi animal totémico me ayudará. El jaguar puede ubicarse en cualquier parte y ve en la oscuridad —replicó Alexander.

—Voy contigo.

—Es un riesgo inútil, Águila. Si voy solo tendré más movilidad.

—No podemos separarnos. Acuérdate de lo que dijo Ma Bangesé en el mercado: si nos separamos, moriremos.

—¿Y tú la crees?

—Sí. La visión que tuvimos es una advertencia: en alguna parte nos aguarda un monstruo de tres cabezas.

—No existen monstruos de tres cabezas, Águila.

—Como diría el chamán Walimai, *puede ser y puede no ser* —replicó ella.

—¿Cómo obtendremos el amuleto?

—Borobá y yo lo haremos —dijo Nadia con gran seguridad, como si fuera la cosa más simple del mundo.

El mono era de una habilidad pasmosa para robar, lo cual se había convertido en un problema en Nueva York. Nadia vivía devolviendo objetos ajenos que el animalito le traía de regalo, pero en este caso su mala costumbre podría ser una bendición. Borobá era pequeño, silencioso y muy hábil con las manos. Lo más difícil sería averiguar dónde se guardaba el amuleto y burlar la vigilancia. Jena, una de las pigmeas, le había dicho a Nadia que estaba en la vivienda del rey, donde ella lo había visto cuando iba a limpiar. Esa noche la población estaba embriagada y la vigilancia era mínima. Habían visto pocos soldados con armas de fuego, sólo los soldados de la Hermandad del Leopardo, pero podía haber otros. No sabían con cuántos hombres contaba Mbembelé, pero el hecho de que el comandante no hubiera aparecido durante la fiesta de la tarde anterior podía significar que se encontraba ausente de Ngoubé. Debían actuar de inmediato, decidieron.

—A Kate esto no le gustará nada, Jaguar. Acuérdate de que le prometimos no meternos en líos —dijo Nadia.

—Ya estamos en un lío bastante grave. Le dejaré una nota para que sepa adónde vamos. ¿Tienes miedo? —preguntó el muchacho.

—Me da miedo ir contigo, pero me da más miedo quedarme aquí.

—Ponte las botas, Águila. Necesitamos una linterna, baterías de repuesto y por lo menos un cuchillo. El bosque está infestado de serpientes, creo que necesitamos una ampolla de antídoto contra el veneno. ¿Crees que podemos tomar prestado el revólver de Angie? —sugirió Alexander.

—¿Piensas matar a alguien, Jaguar?

—¡Claro que no!

—¿Entonces?

—Perfecto, Águila. Iremos sin armas —suspiró Alexander, resignado.

Los amigos recogieron lo necesario, moviéndose sigilosamente entre las mochilas y los bultos de sus compañeros. Al buscar el antídoto en el botiquín de Angie vieron el anestésico para animales y, en un impulso, Alexander se lo echó al bolsillo.

—¿Para qué quieres eso? —preguntó Nadia.

—No lo sé, pero puede servirnos —replicó Alexander.

Nadia salió primero, cruzó sin ser vista la corta distancia alumbrada por la antorcha de la puerta y se ocultó en las sombras. Desde allí pensaba llamar la atención de los guardias, para dar a Alexander oportunidad de seguirla, pero vio que el único guardia seguía durmiendo, el otro no había regresado. Fue muy fácil para Alexander y Borobá reunirse con ella.

La vivienda del rey era un recinto de barro y paja compuesto de varias chozas; daba la impresión de ser transitoria. Para un monarca cubierto de oro de pies a cabeza, con un numeroso harén y con los supuestos poderes divinos de Kosongo, el «palacio» resultaba de una modestia sospechosa. Alexander y Nadia dedujeron que el rey no pensaba envejecer en Ngoubé, por eso no había construido algo más elegante y cómodo. Una vez que se terminaran el marfil y los diamantes se iría lo más lejos posible a gozar de su fortuna.

El sector del harén estaba rodeado de una empalizada, sobre la cual habían ensartado antorchas separadas por más o menos diez metros, de modo que estaba bien iluminado. Las antorchas eran unos palos con trapos empapados en resina, que despedían una humareda negra y un olor penetrante. Delante del cerco había una construcción más grande, decorada con dibujos geométricos negros y provista de una puerta muy ancha y alta. Los jóvenes supusieron que albergaba al rey, porque el tamaño de la puerta permitía pasar a los portadores con la plataforma sobre la cual se desplazaba Kosongo. Con seguridad la prohibición de pisar el suelo no se aplicaba dentro de su casa; en la intimidad Kosongo debía andar en sus dos pies, mostrar el rostro y hablar sin necesidad de un intermediario, como cualquier persona normal. A poca distancia había otro edificio rectangular, largo y chato, sin ventanas, conectado a la vivienda real por un pasillo con techo de paja, que posiblemente era la caserna de los soldados.

Un par de guardias de raza bantú, armados con fusiles, caminaban en torno al recinto. Alexander y Nadia los observaron en la distancia por un buen rato y llegaron a la conclusión de que Kosongo no temía ser atacado, porque la vigilancia era un chiste. Los guardias, todavía bajo el efecto del vino de palma, hacían su ronda trastabillando, se detenían a fumar cuando les venía en gana y al cruzarse se detenían a conversar. Incluso los vieron beber de una botella, que posiblemente contenía licor. No vieron a ninguno de los soldados de la Hermandad del Leopardo, lo cual los tranquilizó un poco, porque parecían bastante más temibles que los guardias bantúes. De todos modos, la idea de introducirse al edificio, sin saber con qué se iban a encontrar adentro, era una temeridad.

—Tú esperas aquí, Jaguar, yo iré primero. Te avisaré con un grito de lechuza cuando sea el momento de mandar a Borobá —decidió Nadia.

A Alexander el plan no le gustó, pero no disponía de otro mejor. Nadia sabía desplazarse sin ser vista y nadie se fijaría en Borobá, porque la aldea estaba llena de monos. Con el corazón en la mano, se despidió de su amiga y de inmediato ella desapareció. Hizo un esfuerzo por verla y por unos segundos lo logró, aunque parecía apenas un velo flotando en la noche. A pesar de la tensión del momento, Alexander no pudo menos que sonreír al ver cuán efectivo era el arte de la invisibilidad.

Nadia aprovechó cuando los guardias estaban fumando para aproximarse a una de las ventanas de la residencia real. Sin el menor esfuerzo se trepó al dintel y desde allí echó una mirada al interior. Estaba oscuro, pero algo de la luz de las antorchas y de la luna entraba por las ventanas, que no eran más que aperturas sin vidrios ni persianas. Al comprobar que no había nadie, se deslizó al interior.

Los guardias terminaron sus cigarrillos y dieron otra

vuelta completa en torno al recinto real. Por fin un grito de lechuza rompió la horrible tensión de Alexander. El joven soltó a Borobá y éste salió disparado en dirección a la ventana donde había visto a su ama por última vez. Durante varios minutos, largos como horas, nada sucedió. De súbito Nadia surgió como por encantamiento junto a su amigo.

–¿Qué pasó? –preguntó Alex, conteniéndose para no abrazarla.

–Muy fácil. Borobá sabe lo que debe hacer.

–Eso quiere decir que encontraste el amuleto.

–Kosongo debe estar en otra parte con alguna de sus mujeres. Había unos hombres durmiendo por el suelo y otros jugando naipes. El trono, la plataforma, el manto, el sombrero, el cetro y los dos colmillos de elefante están allí. También vi unos cofres donde supongo que guardan los adornos de oro –explicó Nadia.

–¿Y el amuleto?

–Estaba con el cetro, pero no pude retirarlo porque habría perdido la invisibilidad. Eso lo hará Borobá.

–¿Cómo?

Nadia señaló la ventana y Alexander vio que empezaba a salir una negra humareda.

–Le prendí fuego al manto real –dijo Nadia.

Casi de inmediato se produjo un alboroto de gritos,

los guardias que estaban adentro salieron corriendo, de la caserna surgieron varios soldados y pronto despertó la aldea y se llenó el lugar de gente corriendo con baldes de agua para apagar el fuego. Borobá aprovechó la confusión para apoderarse del amuleto y salir por la ventana. Instantes después se reunió con Nadia y Alexander y los tres se perdieron en dirección al bosque.

Bajo la cúpula de los árboles reinaba una oscuridad casi total. A pesar de la visión nocturna del jaguar, invocado por Alexander, resultaba casi imposible avanzar. Era la hora de las serpientes y bichos ponzoñosos, de las fieras en busca de alimento; pero el peligro más inmediato era caer en un pantano y perecer tragados por el lodo.

Alexander encendió la linterna y revisó su entorno. No temía ser visto desde la aldea, porque lo rodeaba la tupida vegetación, pero debía cuidar las baterías. Se adentraron en la espesura luchando con raíces y lianas, sorteando charcos, tropezando con obstáculos invisibles, envueltos por el murmullo constante de la selva.

—¿Y ahora qué haremos? —preguntó Alexander.

—Esperar a que amanezca, Jaguar, no podemos seguir en esta oscuridad. ¿Qué hora es?

—Casi las cuatro —respondió el muchacho, consultando su reloj.

—Dentro de poco habrá luz y podremos movernos. Tengo hambre, no me pude comer los ratones de la cena —dijo Nadia.

—Si el hermano Fernando estuviera aquí, diría que Dios proveerá —se rió Alexander.

Se acomodaron lo mejor posible entre unos helechos. La humedad les empapaba la ropa, las espinas los pinchaban, los bichos les caminaban por encima. Sentían el roce de animales deslizándose junto a ellos, batir de alas, el aliento pesado de la tierra. Después de su aventura en el Amazonas, Alexander no salía de excursión sin un encendedor, porque sabía que frotando piedras no es la manera más rápida de hacer fuego. Quisieron hacer una pequeña fogata para secarse y amedrentar a las fieras, pero no encontraron palos secos y luego de varios intentos debieron desistir.

—Este lugar está lleno de espíritus —dijo Nadia.

—¿Crees en eso? —preguntó Alexander.

—Sí, pero no les tengo miedo. ¿Te acuerdas de la esposa de Walimai? Era un espíritu amistoso.

—Eso era en el Amazonas, no sabemos cómo son los de aquí. Por algo la gente les teme —dijo Alexander.

—Si estás tratando de asustarme, ya lo conseguiste —replicó Nadia.

Alexander puso un brazo en torno a los hombros de su amiga y la acercó contra su pecho, tratando de darle calor y seguridad. Ese gesto, antes tan natural entre ellos, ahora estaba cargado de un significado nuevo.

—Por fin Walimai se reunió con su esposa —le contó Nadia.

—¿Se murió?

—Sí, ahora viven los dos en el mismo mundo.

—¿Cómo lo sabes?

—¿Te acuerdas de cuando caí en ese precipicio y me rompí el hombro en el Reino Prohibido? Walimai me hizo compañía hasta que llegaste tú con Tensing y Dil Bahadur. Cuando el chamán apareció a mi lado, supe que era un espíritu y ahora puede desplazarse en este mundo y en otros —explicó Nadia.

—Era un buen amigo, podías llamarlo soplando un silbato y él siempre acudía —le recordó Alexander.

—Si lo necesito vendrá, tal como fue a ayudarme al Reino Prohibido. Los espíritus viajan lejos —le aseguró Nadia.

A pesar del temor y la incomodidad, pronto empezaron a cabecear, agotados, porque llevaban veinticuatro horas sin dormir. Habían padecido demasiadas emociones desde el momento en que el avión de Angie Ninderera se accidentó. No supieron cuántos minutos descansaron, ni cuántas culebras y otros animales les pasaron rozando. Despertaron sobresaltados cuando Borobá les haló el pelo a dos manos, dando chillidos de terror. Todavía estaba oscuro. Alexander encendió la linterna y su rayo de luz dio de lleno en un rostro negro, casi encima del suyo. Ambos, la criatura y él, lanzaron un grito simultáneo y se echaron hacia atrás. La linterna rodó por el suelo y pasaron varios segundos antes que el joven la encontrara. En esa pausa Nadia alcanzó a reaccionar y sujetó el brazo de Alexander, susurrándole que se quedara quieto. Sintieron una mano enorme que los tanteó a ciegas y de pronto cogió a Alexander por la camisa y lo sacudió con una fuerza descomunal. El joven volvió a encender la linterna, pero no apuntó directamente la luz a su atacante. En la penumbra se dieron cuenta de que se trataba de un gorila.

—*Tempo kachi*, que tenga usted felicidad…

El saludo del Reino Prohibido fue lo primero y lo único que se le ocurrió decir a Alexander, demasiado asustado para pensar. Nadia, en cambio, saludó en el idioma de los monos, porque la reconoció antes de verla por el calor que irradiaba y el olor a pasto recién cortado de su aliento. Era la gorila que salvaron de la trampa unos días antes y, como entonces, llevaba a su bebé prendido de los duros pelos de la barriga. Los observaba con sus ojos inteligentes y curiosos. Nadia se preguntó cómo había llegado hasta allí, debió haberse desplazado por muchas millas en el bosque, algo poco usual en esos animales.

La gorila soltó a Alexander y puso su mano sobre la cara de Nadia, empujándola un poco, con suavidad, como una caricia. Sonriendo, ella devolvió el saludo con otro empujón, que no logró mover a la gorila ni medio centímetro, pero estableció una forma de diálogo. El animal les dio la espalda y caminó unos pasos, luego regresó y, acercándoles de nuevo la cara, emitió unos gruñidos mansos y, sin previo aviso, le dio unos mordiscos delicados en una oreja a Alexander.

—¿Qué quiere? —preguntó éste alarmado.

—Que la sigamos, nos va a mostrar algo.

No tuvieron que andar mucho. De pronto el animal dio unos saltos y se trepó a una especie de nido colocado entre las ramas de un árbol. Alexander apuntó con la linterna y un coro de gruñidos nada tranquilizadores respondió a su gesto. Desvió de inmediato la luz.

—Hay varios gorilas en este árbol, debe ser una familia —dijo Nadia.

—Eso significa que hay un macho y varias hembras con sus bebés. El macho puede ser peligroso.

—Si nuestra amiga nos ha traído hasta aquí es porque somos bienvenidos.

—¿Qué haremos? No sé cuál es el protocolo entre humanos y gorilas en este caso —bromeó Alexander, muy nervioso.

Esperaron por largos minutos, inmóviles bajo el gran árbol. Los gruñidos cesaron. Por último, cansados, los muchachos se sentaron entre las raíces del inmenso árbol, con Borobá aferrado al pecho de Nadia, temblando de susto.

—Aquí podemos dormir tranquilos, estamos protegidos. La gorila quiere pagarnos el favor que le hicimos —le aseguró Nadia a Alexander.

—¿Tú crees que entre los animales existen esos sentimientos, Águila? —dudó él.

—¿Por qué no? Los animales hablan entre ellos, forman familias, aman a sus hijos, se agrupan en sociedades, tienen memoria. Borobá es más listo que la mayoría de las personas que conozco —replicó Nadia.

—En cambio mi perro Poncho es bastante tonto.

—No todo el mundo tiene el cerebro de Einstein, Jaguar.

—Definitivamente, Poncho no lo tiene —sonrió Alexander.

—Pero Poncho es uno de tus mejores amigos. Entre los animales también hay amistad.

Durmieron tan profundamente como en cama de plumas; la proximidad de los grandes simios les daba una sensación de absoluta seguridad, no podían estar mejor protegidos.

Horas después despertaron sin saber dónde se encontraban. Alexander miró el reloj y se dio cuenta de que habían dormido mucho más de lo planeado, eran pasadas las siete de la mañana. El calor del sol evaporaba la humedad del suelo y el bosque, envuelto en bruma caliente, parecía un baño turco. Se pusieron de pie de un salto y echaron una mirada a su alrededor. El árbol de los gorilas estaba vacío y por un momento dudaron de la veracidad de lo ocurrido la noche anterior. Tal vez había sido sólo un sueño, pero allí estaban los nidos entre las ramas y unos brotes tiernos de bambú, alimento preferido de los gorilas, puestos a su lado como ofrendas. Y como si eso no bastara, comprendieron que desde la espesura varios pares de ojos negros los observaban. La presencia de los gorilas era tan cercana y palpable que no necesitaban verlos para saber que vigilaban.

–*Tempo kachi* –se despidió Alexander.

–Gracias –dijo Nadia en el idioma de Borobá.

Un rugido largo y ronco les respondió desde el verde impenetrable del bosque.

–Creo que ese gruñido es un signo de amistad –se rió Nadia.

El amanecer se anunció en la aldea de Ngoubé con una neblina espesa como humareda, que penetró por la puerta y las aperturas que servían de ventanas. A pesar de la incomodidad de la vivienda, durmieron profundamente y no se enteraron de que hubo un amago de incendio en una de las habitaciones reales. Kosongo tuvo poco que lamentar, porque las llamas fueron apagadas de inmediato. Al disiparse el humo se vio que el fuego había comenzado en el manto real, lo cual fue interpretado como pésimo augurio, y se extendió a unas pieles de leopardo, que prendieron como yesca, provocando una densa humareda. Nada de esto supieron los prisioneros hasta varias horas más tarde.

Por la paja del techo se colaban los primeros rayos de sol. En la luz del alba los amigos pudieron examinar su entorno y comprobar que se encontraban en una choza larga y angosta, con gruesas paredes de barro oscuro. En uno de los muros había un calendario del año anterior, aparentemente grabado con la punta de un cuchillo. En otro vieron versículos del Nuevo Testamento y una tosca cruz de madera.

–Ésta es la misión, estoy seguro –dijo el hermano Fernando, emocionado.

–¿Cómo lo sabe? –preguntó Kate.

–No tengo dudas. Miren esto… –dijo.

Sacó de su mochila un papel doblado en varias partes y lo estiró cuidadosamente. Era un dibujo a lápiz hecho por los misioneros perdidos. Se veía claramente la plaza central de la aldea, el Árbol de las Palabras con el trono de Kosongo, las chozas, los corrales, una construcción más grande marcada como la vivienda del rey, otra similar que se usaba como caserna para los soldados. En el punto exacto donde ellos se encontraban, el dibujo indicaba la misión.

—Aquí los hermanos debían tener la escuela y atender enfermos. Debe haber un huerto muy cerca que ellos plantaron, y un pozo.

—¿Para qué querían un pozo si aquí llueve cada dos minutos? Sobra agua por estos lados —comentó Kate.

—El pozo no fue hecho por ellos, estaba aquí. Los hermanos se referían al pozo entre comillas, como si fuera algo especial. Siempre me pareció muy extraño...

—¿Qué habrá sido de ellos? —preguntó Kate.

—No me iré de aquí sin averiguarlo. Tengo que ver al comandante Mbembelé —determinó el hermano Fernando.

Los guardias les trajeron un racimo de bananas y un jarro de leche salpicada de moscas a modo de desayuno, luego volvieron a sus puestos en la entrada, indicando así que los extranjeros no estaban autorizados para salir. Kate arrancó una banana y se volvió para dársela a Borobá. Y en ese momento se dieron cuenta de que Alexander, Nadia y el monito no estaban entre ellos.

Kate se alarmó mucho al comprobar que su nieto y Nadia no estaban en la choza con el resto del grupo y que nadie los había visto desde la noche anterior.

—Tal vez los chavales fueron a dar una vuelta... —sugirió el hermano Fernando, sin mucha convicción.

Kate salió como un energúmeno, antes que el guardia de la puerta pudiera detenerla. Afuera despertaba la aldea, circulaban niños y algunas mujeres, pero no se veían hombres, porque ninguno trabajaba. Vio de lejos a las pigmeas que habían bailado la noche anterior; unas iban a buscar agua al río, otras se dirigían a las chozas de los bantúes o a las plantaciones. Corrió a preguntarles por los jóvenes ausentes, pero no pudo comunicarse con ellas o no quisieron responderle. Recorrió el pueblo llamando a Alexander y Nadia a gritos, pero no los vio por ninguna parte; sólo logró despertar a las gallinas y llamar la atención de un par de soldados de la guardia de Kosongo, que en esos momentos empezaban sus rondas. La tomaron por los brazos sin mayores miramientos y la llevaron en vilo en dirección al conjunto de viviendas reales.

—¡Se llevan a Kate! —gritó Angie al ver la escena de lejos.

Se colocó el revólver al cinto, cogió su rifle e indicó a los demás que la siguieran. No debían actuar como prisioneros, dijo, sino como huéspedes. El grupo apartó a empujones a los dos vigilantes de la puerta y corrió en la dirección en que se habían llevado a la escritora.

Entretanto los soldados tenían a Kate en el suelo y se disponían a molerla a golpes, pero no tuvieron tiempo de hacerlo, porque sus amigos irrumpieron dando voces en español, inglés y francés. La atrevida actitud de los extranjeros desconcertó a los soldados; no tenían costumbre de ser contrariados. Existía una ley en Ngoubé: no se podía tocar a un soldado de Mbembelé. Si ocurría por casualidad o error, se pagaba con azotes; de otro modo se pagaba con la vida.

—¡Queremos ver al rey! —exigió Angie, apoyada por sus compañeros.

El hermano Fernando ayudó a Kate a levantarse del suelo; estaba doblada por un calambre agudo en las costillas. Ella misma se dio un par de puñetazos en los costados, con lo cual recuperó la capacidad de respirar.

Se hallaban en una choza grande de barro con piso de tierra apisonada, sin muebles de ninguna clase. En los muros vieron dos cabezas embalsamadas de leopardo y en un rincón un altar con fetiches de vudú. En otro rincón, sobre un tapiz rojo, había un refrigerador y un televisor, símbolos de riqueza y modernidad, pero inútiles porque en Ngoubé no había electricidad. La estancia

tenía dos puertas y varios huecos por los cuales entraba
un poco de luz.

En ese instante se oyeron unas voces y al punto los
soldados se cuadraron. Los extranjeros se volvieron
hacia una de las puertas, por donde hizo su entrada un
hombre con aspecto de gladiador. No les cupo duda de
que se trataba del célebre Maurice Mbembelé. Era muy
alto y fornido, con musculatura de levantador de pesas,
cuello y hombros descomunales, pómulos marcados, labios gruesos y bien delineados, una nariz quebrada de
boxeador, el cráneo afeitado. No le vieron los ojos, porque usaba lentes de sol con vidrios de espejo, que le
daban un aspecto particularmente siniestro. Vestía pantalón del ejército, botas, un ancho cinturón de cuero
negro y llevaba el torso desnudo. Lucía las cicatrices de la
Hermandad del Leopardo y tiras de piel del mismo animal en los brazos. Le acompañaban dos soldados casi
tan altos como él.

Al ver los poderosos músculos del comandante,
Angie quedó boquiabierta de admiración; de un plu-
mazo se le borró la furia y se avergonzó como una cole-
giala. Kate Cold comprendió que estaba a punto de
perder a su mejor aliada y dio un paso al frente.

—Comandante Mbembelé, presumo —dijo.

El hombre no contestó, se limitó a observar al grupo

de forasteros con inescrutable expresión, como si llevara una máscara.

–Comandante, dos personas de nuestro equipo han desaparecido –anunció Kate.

El militar acogió la noticia con un silencio helado.

–Son los dos jóvenes, mi nieto Alexander y su amiga Nadia –agregó Kate.

–Queremos saber dónde están –agregó Angie cuando se recuperó del flechazo apasionado que la había dejado temporalmente muda.

–No pueden haber ido muy lejos, deben estar en la aldea… –farfulló Kate.

La escritora tenía la sensación de que iba hundiéndose en un barrizal; había perdido pie, su voz temblaba. El silencio se hizo insoportable. Al cabo de un minuto completo, que pareció interminable, oyeron por fin la voz firme del comandante.

–Los guardias que se descuidaron serán castigados.

Eso fue todo. Dio media vuelta y se fue por donde había llegado, seguido por sus dos acompañantes y por los que habían maltratado a Kate. Iban riéndose y comentando. El hermano Fernando y Angie captaron parte del chiste: los muchachos blancos que escaparon eran verdaderamente estúpidos: morirían en el bosque devorados por fieras o por fantasmas.

En vista de que nadie los vigilaba ni parecía interesado en ellos, Kate y sus compañeros regresaron a la choza que les habían asignado como vivienda.

—¡Estos muchachos se esfumaron! ¡Siempre me causan problemas! ¡Juro que me las van a pagar! —exclamó Kate, mesándose las cortas mechas grises que coronaban su cabeza.

—No jure, mujer. Recemos mejor —propuso el hermano Fernando.

Se hincó entre las cucarachas, que paseaban tranquilas por el piso, y comenzó a orar. Nadie lo imitó, estaban ocupados haciendo conjeturas y trazando planes.

Angie opinaba que lo único razonable era negociar con el rey para que les facilitara un bote, única forma de salir de la aldea. Joel González creía que el rey no mandaba en la aldea, sino el comandante Mbembelé, quien no parecía dispuesto a ayudarlos, de modo que tal vez convenía conseguir que los pigmeos los guiaran por los senderos secretos del bosque, que sólo ellos conocían. Kate no pensaba moverse mientras no volvieran los jóvenes.

De pronto el hermano Fernando, quien aún estaba de rodillas, intervino para mostrarles una hoja de papel que había encontrado sobre uno de los bultos al hincarse a rezar. Kate se la arrebató de la mano y se acercó a uno de los ventanucos por donde entraba luz.

—¡Es de Alexander!

Con voz quebrada la escritora leyó el breve mensaje de su nieto: «Nadia y yo trataremos de ayudar a los pigmeos. Distraigan a Kosongo. No se preocupen, volveremos pronto».

—Estos chicos están locos —comentó Joel González.

—No, éste es su estado natural. ¿Qué podemos hacer? —gimió la abuela.

—No diga que oremos, hermano Fernando. ¡Debe haber algo más práctico que podamos hacer! —exclamó Angie.

—No sé qué hará usted, señorita. Lo que es yo, confío en que los chavales volverán. Aprovecharé el tiempo para averiguar la suerte de los hermanos misioneros —replicó el hombre, poniéndose de pie y sacudiéndose las cucarachas de los pantalones.

CAPÍTULO NUEVE

Los Cazadores

VAGARON ENTRE LOS ÁRBOLES, sin saber hacia dónde se dirigían. Alexander descubrió una sanguijuela pegada en sus piernas, hinchada con su sangre, y se la quitó sin hacer aspavientos. Las había experimentado en el Amazonas y ya no las temía, pero aún le producían repugnancia. En la exuberante vegetación no había manera de orientarse, todo les parecía igual. Las únicas manchas de otro color en el verde eterno del bosque eran las orquídeas y el vuelo fugaz de un pájaro de alegre plumaje. Pisaban una tierra rojiza y blanda, ensopada de lluvia y sembrada de obstáculos, donde en cualquier momento podían dar un paso en falso. Había pantanos traicioneros ocultos bajo un manto de hojas flotantes. Debían apartar las lianas, que en algunas partes formaban verdaderas cortinas, y evitar las afiladas espinas de algunas plantas. El bosque no era tan impenetrable como les pareció antes, había claros entre las copas de los árboles por donde se filtraban rayos del sol.

Alexander llevaba el cuchillo en la mano, dispuesto a

clavar al primer animal comestible que se pusiera a su alcance, pero ninguno le dio esa satisfacción. Varias ratas pasaron entre sus piernas, pero resultaron muy veloces. Los jóvenes debieron aplacar el hambre con unos frutos desconocidos de gusto amargo. Como Borobá los comió, supusieron que no eran dañinos y lo imitaron. Temían perderse, como de hecho ya lo estaban; no sospechaban cómo regresar a Ngoubé ni cómo dar con los pigmeos. Su esperanza era que éstos los encontraran a ellos.

Llevaban varias horas moviéndose sin rumbo fijo, cada vez más perdidos y angustiados, cuando de pronto Borobá empezó a dar chillidos. El mono había tomado la costumbre de sentarse sobre la cabeza de Alexander, con la cola enrollada en torno a su cuello y aferrado a sus orejas, porque desde allí veía el mundo mejor que en brazos de Nadia. Alexander se lo sacudía de encima, pero al primer descuido Borobá volvía a instalarse en su lugar favorito. Gracias a que iba montado en Alexander, vio las huellas. Estaban a sólo un metro de distancia, pero resultaban casi invisibles. Eran huellas de grandes patas, que aplastaban todo a su paso y trazaban una especie de sendero. Los jóvenes las reconocieron al punto, porque las habían visto en el safari de Michael Mushaha.

—Es el rastro de un elefante —dijo Alexander, esperanzado–. Si hay uno por aquí, seguro que los pigmeos andan cerca también.

El elefante había sido hostigado durante días. Los pigmeos perseguían a la presa, cansándola hasta debilitarla por completo, luego la dirigían a las redes y la arrinconaban; recién entonces atacaban. La única tregua que tuvo el animal fue cuando Beyé-Dokou y sus compañeros se distrajeron para conducir a los forasteros a la aldea de Ngoubé. Durante esa tarde y parte de la noche el elefante trató de volver a sus dominios, pero estaba fatigado y confundido. Los cazadores lo habían obligado a penetrar en terreno desconocido, no lograba encontrar su camino, daba vueltas en círculo. La presencia de los seres humanos, con sus lanzas y sus redes, anunciaba su fin; el instinto se lo advertía, pero seguía corriendo, porque aún no se resignaba a morir.

Durante miles y miles de años, el elefante se ha enfrentado al cazador. En la memoria genética de los dos está grabada la ceremonia trágica de la caza, en la que se disponen a matar o morir. El vértigo ante el peligro resulta fascinante para ambos. En el momento culminante de la caza, la naturaleza contiene la respiración, el bosque se calla, la brisa se desvía, y al final, cuando se decide la suerte de uno de los dos, el corazón del hombre y el del animal palpitan al mismo ritmo. El elefante es el rey del bosque, la bestia más grande y pesada, la más respetable, ninguna otra se le opone. Su único enemigo es el hombre, una criatura pequeña, vulnerable, sin garras ni colmillos, a la cual puede aplastar con una pata, como a una lagartija. ¿Cómo se atreve ese ser insignificante a ponérsele por delante? Pero una vez comenzado el ritual de la caza, no hay tiempo para contemplar la ironía de la situación, el cazador y su presa saben que esa danza sólo termina con la muerte.

Los cazadores descubrieron el rastro de vegetación aplastada y ramas de árboles arrancadas de cuajo mucho antes que Nadia y Alexander. Hacía muchas horas que seguían al elefante, desplazándose en perfecta coordinación para cercarlo desde prudente distancia. Se trataba de un macho viejo y solitario, provisto de dos colmillos enormes. Eran sólo una docena de pigmeos con armas primitivas, pero no estaban dispuestos a permitir que se les escapara. En tiempos normales las mujeres cansaban al animal y lo conducían hacia las trampas, donde ellos aguardaban.

Años antes, en la época de la libertad, siempre hacían una ceremonia para invocar la ayuda de los antepasados y agradecer al animal por entregarse a la muerte; pero desde que Kosongo impuso su reino de terror, nada era igual. Incluso la caza, la más antigua y fundamental actividad de la tribu, había perdido su condición sagrada para convertirse en una matanza.

Alexander y Nadia oyeron largos bramidos y percibieron la vibración de las enormes patas en el suelo. Para entonces ya había comenzado el acto final: las redes inmovilizaban al elefante y las primeras lanzas se clavaban en sus costados.

Un grito de Nadia detuvo a los cazadores con las lanzas en alto, mientras el elefante se debatía furioso, luchando con sus últimas fuerzas.

—¡No lo maten! ¡No lo maten! —repetía Nadia.

La joven se colocó entre los hombres y el animal con los brazos en alto. Los pigmeos se repusieron rápidamente de la sorpresa y trataron de apartarla, pero entonces saltó Alexander al ruedo.

—¡Basta! ¡Deténganse! —gritó el joven, mostrándoles el amuleto.

—¡Ipemba-Afua! —exclamaron, cayendo postrados ante el símbolo sagrado de su tribu, que por tanto tiempo estuviera en manos de Kosongo.

Alexander comprendió que ese hueso tallado era más valioso que el polvo que contenía; aunque hubiera estado vacío, la reacción de los pigmeos sería la misma. Ese objeto había pasado de mano en mano por muchas generaciones, se le atribuían poderes mágicos. La deuda contraída con Alexander y Nadia por haberles devuelto Ipemba-Afua era inmensa: nada podían negarles a esos jóvenes forasteros que les traían el alma de la tribu.

Antes de entregarles el amuleto, Alexander les explicó las razones para no matar al animal, que ya estaba vencido en las redes.

—Quedan muy pocos elefantes en el bosque, pronto serán exterminados. ¿Qué harán entonces? No habrá marfil para rescatar a sus niños de la esclavitud. La solución no es el marfil, sino eliminar a Kosongo y liberar de una vez a sus familias —dijo el joven.

Agregó que Kosongo era un hombre común y corriente, la tierra no temblaba si sus pies la tocaban, no podía matar con la mirada o con la voz. Su único poder era aquel que los demás le daban. Si nadie le tuviera miedo, Kosongo se desinflaba.

—¿Y Mbembelé? ¿Y los soldados? —preguntaron los pigmeos.

Alexander debió admitir que no habían visto al comandante y que, en efecto, los miembros de la Hermandad del Leopardo parecían peligrosos.

—Pero si ustedes tienen valor para cazar elefantes con lanzas, también pueden desafiar a Mbembelé y sus hombres —agregó.

—Vamos a la aldea. Con Ipemba-Afua y con nuestras mujeres podemos vencer al rey y al comandante —propuso Beyé-Dokou.

En su calidad de *tuma* —mejor cazador— contaba con el respeto de sus compañeros, pero no tenía autoridad para imponerles nada. Los cazadores empezaron a discutir entre ellos y, a pesar de la seriedad del tema, de pronto estallaban en risotadas. Alexander consideró que sus nuevos amigos estaban perdiendo un tiempo precioso.

—Liberaremos a sus mujeres para que peleen junto a nosotros. También mis amigos ayudarán. Seguro que a mi abuela se le ocurrirá algún truco, es muy lista —prometió Alexander.

Beyé-Dokou tradujo sus palabras, pero no logró convencer a sus compañeros. Pensaban que ese patético grupo de extranjeros no sería de mucha utilidad a la hora de luchar. La abuela tampoco les impresionaba, era sólo una vieja de cabellos erizados y ojos de loca. Por su parte, ellos se contaban con los dedos y sólo disponían de lanzas y redes, mientras que sus enemigos eran muchos y muy poderosos.

—Las mujeres me dijeron que en tiempos de la reina Nana-Asante los pigmeos y los bantúes eran amigos —les recordó Nadia.

—Cierto —dijo Beyé-Dokou.

—Los bantúes también viven aterrorizados en Ngoubé. Mbembelé los tortura y los mata si le desobedecen. Si pudieran, se liberarían de Kosongo y el comandante. Tal vez se pongan de nuestro lado —sugirió la chica.

—Aunque los bantúes nos ayuden y derrotemos a los soldados, siempre queda Sombe, el hechicero —alegó Beyé-Dokou.

—¡También al brujo podemos vencerlo! —exclamó Alexander.

Pero los cazadores rechazaron enfáticos la idea de desafiar a Sombe y explicaron en qué consistían sus terroríficos poderes: tragaba fuego, caminaba por el aire y sobre brasas ardientes, se convertía en sapo y su saliva mataba. Se enredaron en las limitaciones de la mímica y Alexander entendió que el brujo se ponía a cuatro patas y vomitaba, lo cual no le pareció nada del otro mundo.

—No se preocupen, amigos, nosotros nos encargaremos de Sombe —prometió con un exceso de confianza.

Les entregó el amuleto mágico, que sus amigos recibieron conmovidos y alegres. Habían esperado ese momento por varios años.

Mientras Alexander argumentaba con los pigmeos, Nadia se había acercado al elefante herido y procuraba tranquilizarlo en el idioma aprendido de Kobi, el elefante del safari. La enorme bestia estaba en el límite de sus fuerzas; había sangre en su costado, donde un par de lanzazos de los cazadores lo habían herido, y en la trompa, que azotaba contra el suelo. La voz de la muchacha hablándole en su lengua le llegó de muy lejos, como si la oyera en sueños. Era la primera vez que se enfrentaba a los seres humanos y no esperaba que hablaran como él. De pura fatiga acabó por prestar oídos. Lento, pero seguro, el sonido de esa voz atravesó la densa barrera de la desesperación, el dolor y el terror y llegó hasta su cerebro. Poco a poco se fue calmando y dejó de debatirse entre las redes. Al rato se quedó quieto, acezando, con los ojos fijos en Nadia, batiendo sus grandes orejas. Despedía un olor a miedo tan fuerte que Nadia lo sintió como un bofetón, pero continuó hablándole, segura de que le entendía. Ante el asombro de los hombres, el elefante comenzó a contestar y pronto no les cupo duda de que la niña y el animal se comunicaban.

–Haremos un trato –propuso Nadia a los cazadores–. A cambio de Ipemba-Afua, ustedes le perdonan la vida al elefante.

Para los pigmeos el amuleto era mucho más valioso que el marfil del elefante, pero no sabían cómo quitarle las redes sin perecer aplastados por las patas o ensartados en los mismos colmillos que pretendían llevarle a Kosongo. Nadia les aseguró que podían hacerlo sin peligro. Entretanto Alexander se había acercado suficiente para examinar los cortes de las lanzas en la gruesa piel.

–Ha perdido mucha sangre, está deshidratado y estas heridas pueden infectarse. Me temo que le espera una muerte lenta y dolorosa –anunció.

Entonces Beyé-Dokou tomó el amuleto y se aproximó a la bestia. Quitó un pequeño tapón en un extremo de Ipemba-Afua, inclinó el hueso, agitándolo como un salero, mientras otro de los cazadores colocaba las manos para recibir un polvo verdoso. Por señas indicaron a Nadia que lo aplicara, porque ninguno se atrevía a tocar al elefante. Nadia explicó al herido que iban a curarlo y, cuando adivinó que había comprendido, puso el polvo en los profundos cortes de las lanzas.

Las heridas no se cerraron mágicamente, como ella esperaba, pero a los pocos minutos dejaron de sangrar. El elefante volteó la cabeza para tantearse el lomo con la trompa, pero Nadia le advirtió que no debía tocarse.

Los pigmeos se atrevieron a quitar las redes, una tarea bastante más complicada que ponerlas, pero al fin el viejo elefante estuvo libre. Se había resignado a su suerte, tal vez alcanzó a cruzar la frontera entre la vida y la muerte, y de pronto se encontró milagrosamente libre. Dio unos pasos tentativos, luego avanzó hacia la espesura, tambaleándose. En el último momento, antes de perderse bosque adentro, se volvió hacia Nadia y, mirándola con un ojo incrédulo, levantó la trompa y lanzó un bramido.

—¿Qué dijo? —preguntó Alexander.

—Que si necesitamos ayuda, lo llamemos —tradujo Nadia.

Dentro de poco sería de noche. Nadia había comido muy poco en los últimos días y Alexander tenía tanta hambre como ella. Los cazadores descubrieron huellas de un búfalo, pero no las siguieron porque eran peligrosos y andaban en grupo. Poseían lenguas ásperas como lija: podían lamer a un hombre hasta pelarle la carne y dejarlo en los huesos, dijeron. No podían cazarlos sin ayuda de sus mujeres. Los condujeron al trote hasta un grupo de viviendas minúsculas, hechas con ramas y hojas. Era una aldea tan miserable que no parecía posible que la habitaran seres humanos. No construían viviendas más sólidas porque eran nómadas, estaban separados de sus familias y debían desplazarse cada vez más lejos en busca de elefantes. La tribu nada poseía, sólo aquello que cada individuo podía llevar consigo. Los pigmeos sólo fabricaban los objetos básicos para sobrevivir en el bosque y cazar, lo demás lo obtenían mediante trueque. Como no les interesaba la civilización, otras tribus creían que eran como simios.

Los cazadores sacaron de un hueco en el suelo medio antílope cubierto de tierra e insectos. Lo habían cazado un par de días antes y, después de comerse una parte, habían enterrado el resto para evitar que otros animales se lo arrebataran. Al ver que todavía estaba allí, empezaron a cantar y bailar. Nadia y Alexander comprobaron una vez más que a pesar de sus sufrimientos, esa gente era muy alegre cuando estaba en el bosque, cualquier pretexto servía para bromear, contar historias y reírse a carcajadas. La carne despedía un olor fétido y estaba medio verde, pero gracias al encendedor de Alexander y la habilidad de los pigmeos para encontrar combustible seco, hicieron una pequeña fogata donde la asaron. También se comieron con entusiasmo las larvas, orugas, gusanos y hormigas adheridas a la carne, que consideraban una verdadera delicia, y completaron la cena con frutos salvajes, nueces y agua de los charcos en el suelo.

—Mi abuela nos advirtió que el agua sucia nos daría cólera —dijo Alexander, bebiendo a dos manos, porque estaba muerto de sed.

—Tal vez a ti, porque eres muy delicado —se burló

Nadia–, pero yo me crié en el Amazonas; soy inmune a las enfermedades tropicales.

Le preguntaron a Beyé-Dokou a qué distancia estaba Ngoubé, pero no pudo darles una respuesta precisa, porque para ellos la distancia se medía en horas y dependía de la velocidad a la cual se desplazaban. Cinco horas caminando equivalían a dos corriendo. Tampoco pudo señalar la dirección, porque jamás había contado con una brújula o un mapa, no conocía los puntos cardinales. Se orientaba por la naturaleza, podía reconocer cada árbol en un territorio de cientos de hectáreas. Explicó que sólo ellos, los pigmeos, tenían nombres para todos los árboles, plantas y animales; el resto de la gente creía que el bosque era sólo una uniforme maraña verde y pantanosa. Los soldados y los bantúes sólo se aventuraban entre la aldea y la bifurcación del río, donde establecían contacto con el exterior y negociaban con los contrabandistas.

–El tráfico de marfil está prohibido en casi todo el mundo. ¿Cómo lo sacan de la región? –preguntó Alexander.

Beyé-Dokou le informó que Mbembelé pagaba soborno a las autoridades y contaba con una red de secuaces a lo largo del río. Amarraban los colmillos debajo de los botes, de modo que quedaban bajo el agua y así los transportaban a plena luz del día. Los diamantes iban en el estómago de los contrabandistas. Se los tragaban con cucharadas de miel y budín de mandioca, y un par de días más tarde, cuando se encontraban en lugar seguro, los eliminaban por el otro extremo, método algo repugnante, pero seguro.

Los cazadores les contaron de los tiempos anteriores a Kosongo, cuando Nana-Asante gobernaba en Ngoubé. En esa época no había oro, no se traficaba con marfil, los bantúes vivían del café, que llevaban por el río a vender en las ciudades, y los pigmeos permanecían la mayor parte del año cazando en el bosque. Los bantúes cultivaban hortalizas y mandioca, que cambiaban a los pigmeos por carne. Celebraban fiestas juntos. Existían las mismas miserias, pero al menos vivían libres. A veces llegaban botes trayendo cosas de la ciudad, pero los bantúes compraban poco, porque eran muy pobres, y a los pigmeos no les interesaban. El gobierno los había olvidado, aunque de vez en cuando mandaba una enfermera con vacunas, o un maestro con la idea de crear una escuela, o un funcionario que prometía instalar electricidad. Se iban enseguida; no soportaban la lejanía de la civilización, se enfermaban, se volvían locos. Los únicos que se quedaron fueron el comandante Mbembelé y sus hombres.

—¿Y los misioneros? —preguntó Nadia.

—Eran fuertes y también se quedaron. Cuando ellos

vinieron Nana-Asante ya no estaba. Mbembelé los expulsó, pero no se fueron. Trataron de ayudar a nuestra tribu. Después desaparecieron –dijeron los cazadores.

–Como la reina –apuntó Alexander.

–No, no como la reina… –respondieron, pero no quisieron dar más explicaciones.

CAPÍTULO DIEZ

La Aldea de los Antepasados

PARA NADIA Y ALEXANDER ésa era la primera noche completa en el bosque. La noche anterior habían estado en la fiesta de Kosongo, Nadia había visitado a las pigmeas esclavas, habían robado el amuleto e incendiado la vivienda real antes de salir de la aldea, de modo que no se les hizo tan larga; pero ésta les pareció eterna. La luz se iba temprano y volvía tarde bajo la cúpula de los árboles. Estuvieron más de diez horas encogidos en los patéticos refugios de los cazadores, soportando la humedad, los insectos y la cercanía de animales salvajes, nada de lo cual incomodaba a los pigmeos, quienes sólo temían a los fantasmas.

La primera luz del alba sorprendió a Nadia. Alexander y Borobá estaban despiertos y hambrientos. Del antílope asado quedaban puros huesos quemados y no se atrevieron a comer más fruta, porque les producía dolor de tripas. Decidieron no pensar en comida. Pronto despertaron también los pigmeos y se pusieron a hablar entre ellos en su idioma por largo rato. Como no tenían jefe, las decisiones requerían horas de discusión en círculo, pero una vez que se ponían de acuerdo actuaban como un solo hombre. Gracias a su pasmosa facilidad para las lenguas, Nadia entendió el sentido general de la conferencia; en cambio Alexander sólo captó algunos nombres que conocía: Ngoubé, Ipemba-Afua, Nana-Asante. Por fin concluyó la animada charla y los jóvenes se enteraron del plan.

Los contrabandistas llegarían en busca del marfil —o de los niños de los pigmeos— dentro de un par de días. Eso significaba que debían atacar Ngoubé en un plazo máximo de treinta y seis horas. Lo primero y más importante, decidieron, era hacer una ceremonia con el amuleto sagrado para pedir la protección a los antepasados y a Ezenji, el gran espíritu del bosque, de la vida y la muerte.

—¿Pasamos cerca de la aldea de los antepasados cuando llegamos a Ngoubé? —preguntó Nadia.

Beyé-Dokou les confirmó que, en efecto, los antepasados vivían en un sitio entre el río y Ngoubé. Quedaba a varias horas de camino de donde ellos se encontraban en ese momento. Alexander se acordó de que cuando su abuela Kate era joven recorrió el mundo con una mochila a la espalda y solía dormir en cementerios, porque eran muy seguros, nadie se introducía a ellos de noche.

La aldea de los espectros era el lugar perfecto para preparar el ataque a Ngoubé. Allí estarían a corta distancia de su objetivo y completamente seguros, porque Mbembelé y sus soldados jamás se aproximarían.

—Éste es un momento muy especial, el más importante en la historia de su tribu. Creo que deben hacer la ceremonia en la aldea de los antepasados... —sugirió Alexander.

Los cazadores se maravillaron ante la absoluta ignorancia del joven forastero y le preguntaron si acaso en su país faltaban el respeto a los antepasados. Alexander debió admitir que en Estados Unidos los antepasados ocupaban una posición insignificante en la escala social. Le explicaron que el villorrio de los espíritus era un lugar prohibido, ningún humano podía entrar sin perecer de inmediato. Sólo iban allí para llevar a los muertos. Cuando alguien fallecía en la tribu, se realizaba una ceremonia que duraba un día y una noche, luego las mujeres más ancianas envolvían el cuerpo en trapos y hojas, lo amarraban con cuerdas hechas con fibra de corteza de árbol, la misma que usaban para sus redes, y lo llevaban a descansar con los antepasados. Se aproximaban deprisa a la aldea, depositaban su carga y salían corriendo lo más rápido posible. Esto siempre se realizaba por la mañana, a plena luz del día, después de numerosos sacrificios. Era la única hora segura, porque los fantasmas dormían durante el día y vivían de noche. Si los antepasados eran tratados con el debido respeto, no molestaban a los humanos, pero cuando se les ofendía no perdonaban. Los temían más que a los dioses, porque estaban más cerca.

Angie Ninderera les había contado a Nadia y Alexander que en África existe una relación permanente de los seres humanos con el mundo espiritual.

—Los dioses africanos son más compasivos y razonables que los dioses de otros pueblos —les había dicho—. No castigan como el dios cristiano. No disponen de un infierno donde las almas sufren por toda la eternidad. Lo peor que puede ocurrirle a un alma africana es vagar perdida y sola. Un dios africano jamás mandaría a su único hijo a morir en la cruz para salvar pecados humanos, que puede borrar con un solo gesto. Los dioses africanos no crearon a los seres humanos a su imagen y tampoco los aman, pero al menos los dejan en paz. Los espíritus, en cambio, son más peligrosos, porque tienen los mismos defectos que las personas, son avaros, crueles, celosos. Para mantenerlos tranquilos hay que ofrecerles regalos. No piden mucho: un chorro de licor, un cigarro, la sangre de un gallo.

Los pigmeos creían que habían ofendido gravemente

a sus antepasados, por eso padecían en manos de Kosongo. No sabían cuál era esa ofensa ni cómo enmendarla, pero suponían que su suerte cambiaría si aplacaban su enojo.

—Vamos a su aldea y les preguntamos por qué están ofendidos y qué desean de ustedes —propuso Alexander.

—¡Son fantasmas! —exclamaron los pigmeos, horrorizados.

—Nadia y yo no les tememos. Iremos a hablar con ellos, tal vez nos ayuden. Después de todo, ustedes son sus descendientes, deben tenerles algo de simpatía, ¿no?

Al principio la idea fue rechazada de plano, pero los jóvenes insistieron y, después de discutir por largo rato, los cazadores acordaron dirigirse a las proximidades de la aldea prohibida. Se mantendrían ocultos en el bosque, donde prepararían sus armas y harían una ceremonia, mientras los forasteros intentaban parlamentar con los antepasados.

Caminaron durante horas por el bosque. Nadia y Alexander se dejaban conducir sin hacer preguntas, aunque a menudo les parecía que pasaban varias veces por el mismo lugar. Los cazadores avanzaban confiados, siempre al trote, sin comer ni beber, inmunes a la fatiga, sostenidos sólo por el tabaco negro de sus pipas de bambú.

Salvo las redes, lanzas y dardos, esas pipas eran sus únicas posesiones terrenales. Los dos jóvenes los seguían tropezando a cada rato, mareados de cansancio y calor, hasta que se tiraron al suelo, negándose a seguir. Necesitaban descansar y comer algo.

Uno de los cazadores disparó un dardo a un mono, que cayó como una piedra a sus pies. Lo cortaron en pedazos, le arrancaron la piel e hincaron los dientes en la carne cruda. Alexander hizo una pequeña fogata y tostó los trozos que les tocaron a él y a Nadia, mientras Borobá se tapaba la cara con las manos y gemía; para él era un acto horrendo de canibalismo. Nadia le ofreció brotes de bambú y trató de explicarle que dadas las circunstancias no podían rechazar la carne; pero Borobá, espantado, le dio la espalda y no permitió que ella lo tocara.

—Esto es como si un grupo de simios devoraran a una persona delante de nosotros —dijo Nadia.

—En realidad es una grosería de nuestra parte, Águila, pero si no nos alimentamos no podremos continuar —argumentó Alexander.

Beyé-Dokou les explicó lo que pensaban hacer. Se presentarían en Ngoubé al caer la tarde del día siguiente, cuando Kosongo esperaba la cuota de marfil. Sin duda se pondría furioso al verlos llegar con las manos vacías. Mientras unos lo distraían con excusas y promesas, otros abrirían el corral de las mujeres y traerían las armas. Iban a pelear por sus vidas y rescatar a sus hijos, dijeron.

—Me parece una decisión muy valiente, pero poco práctica. Terminará en una masacre, porque los soldados tienen fusiles —alegó Nadia.

—Son anticuados —apuntó Alexander.

—Sí, pero igual matan de lejos. No se puede luchar con lanzas contra armas de fuego —insistió Nadia.

—Entonces debemos apoderarnos de las municiones.

—Imposible. Las armas están cargadas y los soldados tienen cinturones de balas. ¿Cómo podemos inutilizar los fusiles?

—No sé nada de eso, Águila, pero mi abuela ha estado en varias guerras y vivió durante meses con unos guerrilleros en Centroamérica. Estoy seguro de que ella sabe cómo hacerlo. Tenemos que volver a Ngoubé a preparar el terreno antes de que lleguen los pigmeos —propuso Alexander.

—¿Cómo lo haremos sin que nos vean los soldados? —preguntó Nadia.

—Iremos durante la noche. Entiendo que la distancia entre Ngoubé y la aldea de los antepasados es corta.

—¿Por qué insistes en ir a la aldea prohibida, Jaguar?

—Dicen que la fe mueve montañas, Águila. Si logramos convencer a los pigmeos de que sus antepasados los

protegen, se sentirán invencibles. Además tienen el
amuleto Ipemba-Afua, eso también les dará valor.

—¿Y si los antepasados no quieren ayudar?

—¡Los antepasados no existen, Águila! La aldea es
sólo un cementerio. Pasaremos allí unas horas muy tranquilos, luego saldremos a contarles a nuestros amigos
que los antepasados nos prometieron ayuda en la batalla
contra Mbembelé. Ése es mi plan.

—No me gusta tu plan. Cuando hay engaño, las cosas
no resultan bien... —dijo Nadia.

—Si prefieres, voy solo.

—Ya sabes que no podemos separarnos. Iré contigo
—decidió ella.

Todavía había luz en el bosque cuando llegaron al
sitio marcado por los ensangrentados muñecos vudú que
habían visto antes. Los pigmeos se negaron a internarse
en esa dirección, porque no podían pisar los dominios de
los espíritus hambrientos.

—No creo que los fantasmas sufran de hambre, se supone que no tienen estómago —comentó Alexander.

Beyé-Dokou le señaló los montones de basura que
había por los alrededores. Su tribu hacía sacrificios de
animales y llevaba ofrendas de fruta, miel, nueces y licor,
que colocaba a los pies de los muñecos. Por la noche la

mayor parte desaparecía, tragada por los insaciables espectros. Gracias a eso vivían en paz, porque si los fantasmas eran alimentados como se debía, no atacaban a la gente. El joven insinuó que seguramente las ratas se comían las ofrendas, pero los pigmeos, ofendidos, rechazaron esa sugerencia de plano. Las ancianas encargadas de llevar los cadáveres hasta la entrada de la aldea durante los funerales podían atestiguar que la comida era arrastrada hasta allí. A veces habían oído unos gritos espeluznantes, capaces de producir tal pavor que el cabello se volvía blanco en pocas horas.

–Nadia, Borobá y yo iremos allí, pero necesitamos que alguien nos espere aquí para conducirnos hasta Ngoubé antes que amanezca –dijo Alexander.

Para los pigmeos la idea de pasar la noche en el cementerio era la prueba más contundente de que los jóvenes forasteros estaban mal de la cabeza, pero como no habían logrado disuadirlos, terminaron por aceptar su decisión. Beyé-Dokou les indicó la ruta, se despidió de ellos con grandes muestras de afecto y tristeza, porque estaba seguro de que no volvería a verlos, pero aceptó por cortesía esperarlos en el altar vudú hasta que saliera el sol en la mañana siguiente. Los demás también se despidieron, admirados ante el valor de los muchachos extranjeros.

◈

A Nadia y Alexander les llamó la atención que en esa jungla voraz, donde sólo los elefantes dejaban rastros visibles, hubiera un sendero que conducía al cementerio. Eso significaba que alguien lo usaba con frecuencia.

—Por aquí pasan los antepasados… —murmuró Nadia.

—Si existieran, Águila, no dejarían huellas y no necesitarían un camino —replicó Alexander.

—¿Cómo lo sabes?

—Es cuestión de lógica.

—Los pigmeos y los bantúes no se acercan por ningún motivo a este lugar y los soldados de Mbembelé son todavía más supersticiosos, ésos ni siquiera entran al bosque. Explícame quién hizo este sendero —le exigió Nadia.

—No lo sé, pero lo averiguaremos.

Al cabo de una media hora de caminata se encontraron de pronto en un claro del bosque, frente a un grueso y alto muro circular construido con piedras, troncos, paja y barro. Colgando en el muro había cabezas disecadas de animales, calaveras y huesos, máscaras, figuras talladas en madera, vasijas de barro y amuletos. No se veía puerta alguna, pero descubrieron un hueco redondo, de unos ochenta centímetros de diámetro, colocado a cierta altura.

–Creo que las ancianas que traen los cadáveres los echan por ese hueco. Al otro lado debe haber pilas de huesos –dijo Alexander.

Nadia no alcanzaba la apertura, pero él era más alto y pudo asomarse.

–¿Qué hay? –preguntó ella.

–No veo bien. Mandemos a Borobá a investigar.

–¡Cómo se te ocurre! Borobá no puede ir solo. Vamos todos o no va ninguno –decidió Nadia.

–Espérame aquí, vuelvo enseguida –respondió Alexander.

–Prefiero ir contigo.

Alexander calculó que si se deslizaba a través del hoyo caería de cabeza. No sabía qué iba a encontrar al otro lado; era mejor trepar el muro, un juego de niños para él, dada su experiencia en montañismo. La textura irregular de la pared facilitaba el ascenso y en menos de dos minutos estaba a horcajadas sobre la pared, mientras Nadia y Borobá aguardaban abajo, bastante nerviosos.

–Es como un villorrio abandonado, parece antiguo, nunca he visto nada parecido –dijo Alexander.

–¿Hay esqueletos? –preguntó Nadia.

–No. Se ve limpio y vacío. Tal vez no introducen los cuerpos por la apertura, como pensábamos…

Con ayuda de su amigo Nadia saltó también al otro lado. Borobá vaciló, pero el temor de quedarse solo lo impulsó a seguirla; nunca se separaba de su ama.

A primera vista la aldea de los antepasados parecía un conjunto de hornos de barro y piedras colocados en círculos concéntricos, en perfecta simetría. Cada una de esas construcciones redondas tenía un hoyo a modo de portezuela, cerrado con trozos de tela o cortezas de árbol. No había estatuas, muñecos ni amuletos. La vida parecía haberse detenido en el recinto cercado por el alto muro. Allí la jungla no penetraba y hasta la temperatura era diferente. Reinaba un silencio inexplicable, no se oía la algarabía de monos y pájaros del bosque, ni el repicar de la lluvia, ni el murmullo de la brisa entre las hojas de los árboles. La quietud era absoluta.

—Son tumbas, allí deben poner a los difuntos. Vamos a investigar —decidió Alexander.

Al levantar algunas de las cortinas que tapaban las entradas, vieron que adentro había restos humanos colocados en orden, como una pirámide. Eran esqueletos secos y quebradizos, que tal vez habían estado allí por cientos de años. Algunas chozas estaban llenas de huesos, otras a medias y algunas permanecían vacías.

—¡Qué cosa tan macabra! —observó Alexander con un estremecimiento.

—No entiendo, Jaguar… Si nadie entra aquí, ¿cómo es que hay tanto orden y limpieza? —preguntó Nadia.

—Es muy misterioso —admitió su amigo.

CAPÍTULO ONCE

Encuentro Con los Espíritus

La luz, siempre tenue bajo la cúpula verde de la jungla, comenzaba a disminuir. Hacía un par de días, desde que salieran de Ngoubé, que los amigos sólo veían el cielo en las aperturas que a veces había entre las copas de los árboles. El cementerio estaba en un claro del bosque y pudieron ver sobre sus cabezas un trozo de cielo, que empezaba a tornarse azul oscuro. Se sentaron entre dos tumbas dispuestos a pasar unas horas de soledad.

En los tres años que habían transcurrido desde que Alexander y Nadia se conocieron, su amistad había crecido como un gran árbol, hasta convertirse en lo más importante de sus vidas. El afecto infantil del comienzo evolucionó en la medida en que maduraban, pero nunca hablaban de eso. Carecían de palabras para describir ese delicado sentimiento y temían que al hacerlo se rompiera, como cristal. Expresar su relación en palabras significaba definirla, ponerle límites, reducirla; si no se mencionaba permanecía libre e incontaminada. En silencio la amistad se había expandido sutilmente, sin que ellos mismos lo percibieran.

En los últimos tiempos Alexander padecía más que nunca la explosión de las hormonas propia de la adolescencia, que la mayoría de los muchachos sufre más temprano; su cuerpo parecía su enemigo, no lo dejaba en paz. Sus notas en la escuela habían bajado, ya no tocaba música, incluso las excursiones a la montaña con su padre, antes fundamentales en su vida, ahora lo aburrían. Padecía arrebatos de mal humor, se peleaba con su familia y después, arrepentido, no sabía cómo hacer las paces. Se había vuelto torpe, estaba enredado en una maraña de sentimientos contradictorios. Pasaba de la depresión a la euforia en cuestión de minutos, sus emociones eran tan intensas que a veces se preguntaba en serio si valía la pena seguir viviendo. En los momentos de pesimismo pensaba que el mundo era un desastre y la mayor parte de la humanidad era estúpida. A pesar de haber leído libros al respecto y de que en la escuela se discutía la adolescencia a fondo, él la sufría como una enfermedad inconfesable. «No te preocupes, todos hemos pasado por lo mismo», le consolaba su padre, como si se tratara de un resfrío; pero pronto tendría dieciocho años y su condición no mejoraba. Alexander apenas podía comunicarse con sus padres, lo volvían loco, eran de otra época, todo lo que decían sonaba anticuado. Sabía que lo querían incondicionalmente y por eso les estaba agradecido, pero creía que no podían entenderlo. Sólo con Nadia compartía sus problemas. En el lenguaje cifrado que usaba con ella por correo electrónico podía describir lo que le pasaba sin avergonzarse, pero nunca lo había hecho en persona. Ella lo aceptaba tal como él era, sin juzgarlo. Leía los mensajes sin dar su opinión, porque en verdad no sabía qué contestar; las inquietudes de ella eran diferentes.

Alexander pensaba que su obsesión con las muchachas era ridícula, pero no podía evitarla. Una palabra, un gesto, un roce bastaban para llenarle la cabeza de imágenes y el alma de deseo. El mejor paliativo era el ejercicio: invierno y verano hacía surfing en el Pacífico. El choque del agua helada y la maravillosa sensación de volar sobre las olas le devolvían la inocencia y la euforia de la infancia, pero ese estado de ánimo duraba poco. Los viajes con su abuela, en cambio, lograban distraerlo durante semanas. Delante de su abuela lograba controlar sus emociones, eso le daba cierta esperanza; tal vez su padre tenía razón y esa locura sería pasajera.

Desde que se encontraron en Nueva York para iniciar el viaje, Alexander contemplaba a Nadia con ojos nuevos, aunque la excluía por completo de sus fantasías románticas o eróticas. Ni siquiera podía imaginarla en ese plano, ella estaba en la misma categoría de sus hermanas: lo unía a ella un cariño puro y celoso. Su papel era protegerla de quien pudiera hacerle daño, especialmente de otros muchachos. Nadia era bonita –al menos así le parecía a él– y tarde o temprano habría un enjambre de enamorados a su alrededor. Jamás permitiría que esos zánganos se acercaran a ella, la sola idea lo ponía frenético. Notaba las formas del cuerpo de Nadia, la gracia de sus gestos y la expresión concentrada de su rostro. Le gustaba su colorido, el cabello rubio oscuro, la piel tostada, los ojos como avellanas; podía pintar su retrato con una paleta reducida de amarillo y marrón. Era diferente a él y eso lo intrigaba: su fragilidad física, que ocultaba una gran fortaleza de carácter, su silenciosa atención, la forma en que armonizaba con la naturaleza. Siempre había sido reservada, pero ahora le parecía misteriosa. Le encantaba estar cerca de ella, tocarla de vez en cuando, pero le resultaba mucho más fácil comunicarse desde la distancia; cuando estaban juntos se confundía, no sabía qué decirle y empezaba a medir sus palabras, le parecía que a veces sus manos eran muy pesadas, sus pies muy grandes, su tono muy dominante.

Allí, sentados en la oscuridad, rodeados de tumbas en un antiguo cementerio de pigmeos, Alexander sentía la cercanía de su amiga con una intensidad casi dolorosa. La quería más que a nadie en el mundo, más que a sus padres y todos sus amigos juntos, temía perderla.

—¿Qué tal Nueva York? ¿Te gusta vivir con mi abuela? —le preguntó, por decir algo.

—Tu abuela me trata como a una princesa, pero echo de menos a mi papá.

—No vuelvas al Amazonas, Águila, queda muy lejos y no nos podemos comunicar.

—Ven conmigo —dijo ella.

—Iré contigo donde quieras, pero primero tengo que estudiar medicina.

—Tu abuela dice que estás escribiendo sobre nuestras aventuras en el Amazonas y en el Reino del Dragón de Oro. ¿Escribirás también sobre los pigmeos? —preguntó Nadia.

—Son sólo apuntes, Águila. No pretendo ser escritor, sino médico. Se me ocurrió la idea cuando se enfermó mi mamá y lo decidí cuando el lama Tensing te curó el hombro con agujas y oraciones. Me di cuenta de que no bastan la ciencia y la tecnología para sanar, hay otras cosas igualmente importantes. Medicina holística, creo que se llama lo que quiero hacer —explicó Alexander.

–¿Te acuerdas de lo que te dijo el chamán Walimai? Dijo que tienes el poder de curar y debes aprovecharlo. Creo que serás el mejor médico del mundo –le aseguró Nadia.

–Y tú, ¿qué quieres hacer cuando termines la escuela?

–Voy a estudiar idiomas de animales.

–No hay academias para estudiar idiomas de animales –se rió Alexander.

–Entonces fundaré la primera.

–Sería bueno que viajáramos juntos, yo como médico y tú como lingüista –propuso Alexander.

–Eso será cuando nos casemos –replicó Nadia.

La frase quedó colgada en el aire, tan visible como una bandera. Alexander sintió que la sangre le hormigueaba en el cuerpo y el corazón le daba bandazos en el pecho. Estaba tan sorprendido, que no pudo responder. ¿Cómo no se le ocurrió esa idea a él? Había vivido enamorado de Cecilia Burns, con la cual nada tenía en común. Ese año la había perseguido con una tenacidad invencible, aguantando estoicamente sus desaires y caprichos. Mientras él todavía actuaba como un chiquillo, Cecilia Burns se había convertido en una mujer hecha y derecha, aunque tenían la misma edad. Era muy atractiva y Alexander había perdido la esperanza de que se fijara en él. Cecilia aspiraba a ser actriz, suspiraba por los galanes del cine y planeaba irse a tentar suerte en Hollywood apenas cumpliera dieciocho años. El comentario de Nadia le reveló un horizonte que hasta entonces él no había contemplado.

—¡Qué idiota soy! —exclamó.

—¿Qué quiere decir eso? ¿Que no nos vamos a casar?

—Yo… —balbuceó Alexander.

—Mira, Jaguar, no sabemos si vamos a salir vivos de este bosque. Como tal vez no nos quede mucho tiempo, hablemos con el corazón —propuso ella seriamente.

—¡Por supuesto que nos casaremos, Águila! No hay ni la menor duda —replicó él, con las orejas ardientes.

—Bueno, faltan varios años para eso —dijo ella, encogiéndose de hombros.

Por un rato largo no tuvieron más que decirse. A Alexander lo sacudía un huracán de ideas y emociones contradictorias, que iban entre el temor de volver a mirar a Nadia a plena luz del día hasta la tentación de besarla. Estaba seguro de que jamás se atrevería a hacer eso… El silencio se le hizo insoportable.

—¿Tienes miedo, Jaguar? —preguntó Nadia media hora más tarde.

Alexander no respondió, pensando que ella le había adivinado el pensamiento y se refería al nuevo temor que ella había despertado en él y que en esos momentos lo paralizaba. A la segunda pregunta comprendió que ella hablaba de algo mucho más inmediato y concreto.

—Mañana hay que enfrentar a Kosongo, Mbembelé y tal vez el brujo Sombe… ¿cómo lo haremos?

—Ya se verá, Águila. Como dice mi abuela: no hay que tener miedo al miedo.

Agradeció que ella hubiera cambiado de tema y decidió que no volvería a mencionar el amor, al menos hasta que no estuviera a salvo en California, separado de ella por el ancho del continente americano. Mediante el correo electrónico sería un poco más fácil hablar de sentimientos, porque ella no podría verle las orejas coloradas.

—Espero que el águila y el jaguar vengan en nuestra ayuda —dijo Alexander.

—Esta vez necesitamos más que eso —concluyó Nadia.

Como si acudiera a un llamado, en ese mismo instante sintieron una silenciosa presencia a pocos pasos de donde se encontraban. Alexander echó mano de su cuchillo y encendió la linterna, entonces una escalofriante figura surgió ante ellos en el haz de luz.

Paralizados de susto, vieron a tres metros de distancia una vieja bruja, envuelta en andrajos, con una enorme melena blanca y desgreñada, tan flaca como un esqueleto. Un fantasma, pensaron los dos al instante, pero enseguida Alexander razonó que debía haber otra explicación.

—¡Quién está allí! —gritó en inglés, poniéndose de pie de un salto.

Silencio. El joven repitió la pregunta y volvió a apuntar con su linterna.

—¿Es usted un espíritu? —preguntó Nadia en una mezcla de francés y bantú.

La aparición respondió con un murmullo incomprensible y retrocedió, cegada por la luz.

—¡Parece que es una anciana! —exclamó Nadia.

Por fin entendieron con claridad lo que el supuesto fantasma decía: Nana-Asante.

—¿Nana-Asante? ¿La reina de Ngoubé? ¿Viva o muerta? —preguntó Nadia.

Pronto salieron de dudas: era la antigua reina en cuerpo y alma, la misma que había desaparecido, aparentemente asesinada por Kosongo cuando éste le usurpó el trono. La mujer había permanecido oculta por años en el cementerio, donde sobrevivió alimentada por las ofrendas que dejaban los cazadores para sus antepasados. Ella era quien mantenía limpio el lugar; ella colocaba en las tumbas los cadáveres que echaban por el hueco del muro. Les dijo que no estaba sola, sino en muy buena compañía, la de los espíritus, con quienes esperaba reunirse en forma definitiva muy pronto, porque estaba cansada de habitar su cuerpo. Contó que antes ella era una *nganga*, una curandera que viajaba al mundo de los espíritus cuando caía en trance. Los había visto durante las ceremonias y les tenía pavor, pero desde que vivía en el cementerio, les había perdido el miedo. Ahora eran sus amigos.

—Pobre mujer, se debe haber vuelto loca —susurró Alexander a Nadia.

Nana-Asante no estaba loca, por el contrario, esos años de recogimiento le habían dado una extraordinaria lucidez. Estaba informada de todo lo que ocurría en Ngoubé, sabía de Kosongo y sus veinte esposas, de Mbembelé y sus diez soldados de la Hermandad del Leopardo, del brujo Sombe y sus demonios. Sabía que los bantúes de la aldea no se atrevían a oponerse a ellos, porque cualquier signo de rebelión se pagaba con terribles tormentos. Sabía que los pigmeos eran esclavos, que Kosongo les había quitado el amuleto sagrado y que Mbembelé vendía a sus hijos si no le llevaban marfil. Y sabía también que un grupo de forasteros había llegado a Ngoubé buscando a los misioneros y que los dos más jóvenes habían escapado de Ngoubé y acudirían a visitarla. Los estaba esperando.

—¡Cómo puede saber eso! —exclamó Alexander.

—Me lo contaron los antepasados. Ellos saben muchas cosas. No sólo salen de noche, como cree la gente, también salen de día, andan con otros espíritus de la naturaleza por aquí y por allá, entre los vivos y los muertos. Saben que ustedes les pedirán ayuda —dijo Nana-Asante.

—¿Aceptarán ayudar a sus descendientes? —preguntó Nadia.

—No sé. Ustedes deberán hablar con ellos —determinó la reina.

Una enorme luna llena, amarilla y radiante, surgió en el claro del bosque. Durante el tiempo de la luna algo mágico ocurrió en el cementerio, que en los años venideros Alexander y Nadia recordarían como uno de los momentos cruciales de sus vidas.

El primer síntoma de que algo extraordinario ocurría fue que los jóvenes pudieron ver con la mayor claridad en la noche, como si el cementerio estuviera alumbrado por las tremendas lámparas de un estadio. Por primera vez desde que estaban en África, Alexander y Nadia sintieron frío. Tiritando, se abrazaron para darse ánimo y calor. Un creciente murmullo de abejas invadió el aire y ante los ojos maravillados de los jóvenes, el lugar se llenó de seres traslúcidos. Estaban rodeados de espíritus. Era imposible describirlos, porque carecían de forma definida, parecían vagamente humanos, pero cambiaban como si fueran dibujos de humo; no estaban desnudos y tampoco vestidos; no tenían color, pero eran luminosos.

El intenso zumbido musical de insectos que vibraba en sus oídos tenía significado, era un lenguaje universal que ellos entendían, similar a la telepatía. Nada tenían que explicar a los fantasmas, nada que contarles, nada que pedirles con palabras. Esos seres etéreos sabían lo que había ocurrido y también lo que sucedería en el futuro, porque en su dimensión no había tiempo. Allí estaban las almas de los antepasados muertos y también las de los seres por nacer, almas que permanecían indefinidamente en estado espiritual, otras listas para adquirir forma física en este planeta o en otros, aquí o allá.

Los amigos se enteraron de que los espíritus rara vez intervienen en los acontecimientos del mundo material, aunque a veces ayudan a los animales mediante la intuición, y a las personas mediante la imaginación, los sueños, la creatividad y la revelación mística o espiritual. La mayor parte de la gente vive desconectada de lo divino y no advierte los signos, las coincidencias, las premoniciones y los minúsculos milagros cotidianos con los cuales se manifiesta lo sobrenatural. Se dieron cuenta de que los espíritus no provocan enfermedades, desgracias o muerte, como habían oído; el sufrimiento es causado por la maldad y la ignorancia de los vivos. Tampoco destruyen a quienes violan sus dominios o los ofenden, porque no poseen dominios y no hay modo de ofenderles. Los sacrificios, regalos y oraciones no les llegan; su única utilidad es tranquilizar a las personas que hacen las ofrendas.

El diálogo silencioso con los fantasmas duró un tiempo imposible de calcular. De manera gradual la luz aumentó y entonces el ámbito se abrió a una dimensión mayor. El muro que habían trepado para introducirse al cementerio se disolvió y se encontraron en medio del bosque, aunque no parecía el mismo donde habían estado antes. Nada era igual, había una radiante energía. Los árboles ya no formaban una masa compacta de vegetación, ahora cada uno tenía su propio carácter, su nombre, sus memorias. Los más altos, de cuyas semillas habían brotado otros más jóvenes, les contaron sus historias. Las plantas más viejas manifestaron su intención de morir pronto para alimentar la tierra; las más nuevas extendían sus tiernos brotes, aferrándose a la vida. Había un continuo murmullo de la naturaleza, sutiles formas de comunicación entre las especies.

Centenares de animales rodearon a los jóvenes, algu-

nos cuya existencia no conocían: extraños okapis de cuello largo, como pequeñas jirafas; almizcleros, algalias,
mangostas, ardillas voladoras, gatos dorados y antílopes
con rayas de cebra; hormigueros cubiertos de escamas y
una multitud de monos encaramados en los árboles, par-
loteando como niños en la mágica luz de esa noche.
Ante ellos desfilaron leopardos, cocodrilos, rinocerontes
y otras fieras en buena armonía. Aves extraordinarias lle-
naron el aire con sus voces e iluminaron la noche con su
atrevido plumaje. Millares de insectos danzaron en la
brisa: mariposas multicolores, escarabajos fosforescen-
tes, ruidosos grillos, delicadas luciérnagas. El suelo hervía de reptiles: víboras, tortugas y grandes lagartos,
descendientes de los dinosaurios, que observaban a los
jóvenes con ojos de tres párpados.

Se hallaron en el centro del bosque espiritual, rodeados de millares y millares de almas vegetales y animales.
Las mentes de Alexander y Nadia se expandieron de
nuevo y percibieron las conexiones entre los seres, el universo entero entrelazado por corrientes de energía, por
una red exquisita, fina como seda, fuerte como acero.
Entendieron que nada existe aislado; cada cosa que ocurre, desde un pensamiento hasta un huracán, afecta a lo
demás. Sintieron la tierra palpitante y viva, un gran or-
ganismo acunando en su regazo la flora y la fauna, los

montes, los ríos, el viento de las llanuras, la lava de los volcanes, las nieves eternas de las más altas montañas. Y esa madre planeta es parte de otros organismos mayores, unida a los infinitos astros del inmenso firmamento.

Los jóvenes vieron los ciclos inevitables de vida, muerte, transformación y renacimiento como un maravilloso dibujo en el cual todo ocurre simultáneamente, sin pasado, presente o futuro, ahora desde siempre y para siempre.

Y por fin, en la última etapa de su fantástica odisea, comprendieron que las incontables almas, así como cuanto hay en el universo, son partículas de un espíritu único, como gotas de agua de un mismo océano. Una sola esencia espiritual anima todo lo existente. No hay separación entre los seres, no hay frontera entre la vida y la muerte.

En ningún momento durante aquel increíble viaje Nadia y Alexander tuvieron temor. Al principio les pareció que flotaban en la nebulosa de un sueño y sintieron una profunda calma, pero a medida que el peregrinaje espiritual expandía sus sentidos y su imaginación, la tranquilidad dio paso a la euforia, una felicidad incontenible, una sensación de tremenda energía y fuerza.

La luna continuó su paseo por el firmamento y desapareció en el bosque. Durante unos minutos la luz de los fantasmas permaneció en el ámbito, mientras el zumbido de abejas y el frío disminuían poco a poco. Los dos amigos despertaron del trance y se encontraron entre las tumbas, con Borobá colgado de la cintura de Nadia. Durante un rato no hablaron ni se movieron, para preservar el encantamiento. Por último se miraron, desconcertados, dudando de lo que habían vivido, pero entonces surgió ante ellos la figura de la reina Nana-Asante, quien les confirmó que no había sido sólo una alucinación.

La reina estaba iluminada por un intenso resplandor interno. Los jóvenes la vieron tal como era y no en la forma en que había aparecido al principio, como una vieja miserable, puros huesos y harapos. En verdad era una presencia formidable, una amazona, una antigua diosa del bosque. Nana-Asante se había vuelto sabia durante esos años de meditación y soledad entre los muertos; había limpiado su corazón de odio y codicia, nada deseaba, nada la inquietaba, nada temía. Era valiente porque no se aferraba a la vida; era fuerte porque la animaba la compasión; era justa porque intuía la verdad; era invencible porque la sostenía un ejército de espíritus.

—Hay mucho sufrimiento en Ngoubé. Cuando usted

reinaba había paz, los bantúes y los pigmeos recuerdan esos tiempos. Venga con nosotros, Nana-Asante, ayúdenos —suplicó Nadia.

—Vamos —replicó la reina sin vacilar, como si se hubiera preparado durante años para ese momento.

CAPÍTULO DOCE

El reino del Terror

DURANTE EL PAR de días que Nadia y Alexander pasaron en el bosque, una serie de eventos dramáticos se desencadenó en la aldea de Ngoubé. Kate, Angie, el hermano Fernando y Joel González no volvieron a ver a Kosongo y debieron entenderse con Mbembelé, quien a todas luces era mucho más temible que el rey. Al enterarse de la desaparición de dos de sus prisioneros, el comandante se preocupó más de castigar a los guardias por haberlos dejado ir, que por la suerte de los jóvenes ausentes. No hizo el menor empeño en encontrarlos y cuando Kate Cold le pidió ayuda para salir a buscarlos, se la negó.

—Ya están muertos, no voy a perder tiempo en ellos. Nadie sobrevive por la noche en el bosque, sólo los pigmeos, que no son humanos —le dijo Mbembelé.

—Entonces mande a unos cuantos pigmeos que me acompañen a buscarlos —le exigió Kate.

Mbembelé tenía la costumbre de no responder preguntas y mucho menos peticiones, por lo mismo nadie se atrevía a planteárselas. La actitud desfachatada de esa vieja extranjera le produjo más desconcierto que furia, no podía creer tanta insolencia. Permaneció en silencio, observándola a través de sus siniestros lentes de espejo, mientras gotas de sudor le corrían por el cráneo pelado y los brazos desnudos, marcados por las cicatrices rituales. Estaban en «su oficina», donde había hecho conducir a la escritora.

La «oficina» de Mbembelé era un calabozo con un destartalado escritorio metálico en un rincón y un par de sillas. Horrorizada, Kate vio instrumentos de tortura y manchas oscuras, como de sangre, en las paredes de barro pintadas con cal. Sin duda la intención del comandante al citarla allí era intimidarla y lo consiguió, pero Kate no estaba dispuesta a mostrar debilidad. Sólo contaba con su pasaporte americano y su licencia de periodista para protegerla, pero de nada servirían si Mbembelé captaba el miedo que ella sentía.

Le pareció que el militar, a diferencia de Kosongo, no se tragó el cuento de que habían ido a entrevistar al rey; el militar seguramente sospechaba que la verdadera causa de su presencia allí era descubrir la suerte de los misioneros desaparecidos. Estaban en manos de ese hombre, pero Mbembelé debía calcular los riesgos antes de dejarse llevar por un arrebato de crueldad, no podía maltratar extranjeros, dedujo Kate con demasiado optimismo. Una cosa era maltratar a los pobres diablos que tenía bajo el puño en Ngoubé y otra muy distinta hacerlo con extranjeros, sobre todo si eran blancos. No le convenía una investigación de las autoridades. El comandante tendría que librarse de ellos lo antes posible; si averiguaban mucho no le quedaría más alternativa que matarlos. Sabía que no se irían sin Nadia y Alexander y eso complicaba las cosas. Kate concluyó que debían tener mucho cuidado, porque la mejor salida del comandante era que sus huéspedes sufrieran un bien planeado accidente. A la escritora no se le pasó por la mente que al menos uno de ellos era visto con buenos ojos en Ngoubé.

—¿Cómo se llama la otra mujer de su grupo? —preguntó Mbembelé después de una larga pausa.

—Angie, Angie Ninderera. Ella nos trajo en su avión, pero...

—Su Majestad, el rey Kosongo, está dispuesto a aceptarla entre sus mujeres.

Kate Cold sintió que le flaqueaban las rodillas. Lo que fuera una broma la tarde anterior, ahora resultaba una desagradable —y tal vez peligrosa— realidad. ¿Qué diría Angie de las atenciones de Kosongo? Nadia y Alexander deberían aparecer pronto, como indicaba la nota de su nieto. En los viajes anteriores también había pasado momentos desesperados por culpa de los chicos, pero en ambas ocasiones volvieron sanos y salvos. Debía confiar en ellos. Lo primero sería reunir a su grupo, luego pensaría en la forma de volver a la civilización. Se le ocurrió que el súbito interés del rey por Angie podía servir al menos para ganar un poco de tiempo.

—¿Desea que comunique a Angie la petición del rey? —preguntó Kate cuando logró sacar la voz.

—No es una petición, es una orden. Hable con ella. La veré durante el torneo que habrá mañana. Entretanto tienen permiso para circular por la aldea, pero les prohíbo que se acerquen al recinto real, los corrales o el pozo.

El comandante hizo un gesto y de inmediato el soldado que montaba guardia en la puerta cogió a Kate de un brazo y se la llevó. La luz del día cegó por un momento a la vieja escritora.

Kate se reunió con sus amigos y transmitió el mensaje de amor a Angie, quien lo tomó bastante mal, como era de esperar.

—¡Jamás formaré parte del rebaño de mujeres de Kosongo! —exclamó, furiosa.

—Por supuesto que no, Angie, pero podrías ser amable con él por un par de días y...

—¡Ni por un minuto! Claro que si en vez de Kosongo fuera el comandante... —suspiró Angie.

—¡Mbembelé es una bestia! —la interrumpió Kate.

—Es una broma, Kate. No pretendo ser amable con Kosongo, con Mbembelé ni con nadie. Pretendo salir de este infierno lo antes posible, recuperar mi avión y escapar donde estos criminales no puedan alcanzarme.

—Si usted distrae al rey, como propone la señora Cold, podemos ganar tiempo —alegó el hermano Fernando.

—¿Cómo quiere que haga eso? ¡Míreme! Mi ropa está sucia y mojada, perdí mi lápiz de labios, mi peinado es un desastre. ¡Parezco un puerco espín! —replicó Angie, señalando sus cabellos embarrados que apuntaban en varias direcciones.

—La gente de la aldea tiene miedo —la interrumpió el misionero, cambiando el tema—. Nadie quiere responder a mis preguntas, pero he atado cabos. Sé que mis compañeros estuvieron aquí y que desaparecieron hace varios meses. No pueden haber ido a ninguna otra parte. Lo más probable es que sean mártires.

—¿Quiere decir que los mataron? —preguntó Kate.

—Sí. Creo que dieron sus vidas por Cristo. Ruego para que al menos no hayan sufrido demasiado...

—De verdad lo lamento, hermano Fernando —dijo Angie, súbitamente seria y conmovida—. Perdone mi fri-

volidad y mi malhumor. Cuente conmigo, haré lo que
sea por ayudarlo. Bailaré la danza de los siete velos para
distraer a Kosongo, si usted quiere.

—No le pido tanto, señorita Ninderera —replicó triste-
mente el misionero.

—Llámeme Angie —dijo ella.

El resto del día transcurrió aguardando que volvieran
Nadia y Alexander y vagando por el villorrio en busca de
información y haciendo planes para escapar. Los dos
guardias que se habían descuidado la noche anterior fueron arrestados por los soldados y no fueron reemplaza-
dos, de modo que nadie los vigilaba. Averiguaron que los
Hermanos del Leopardo, que desertaron del ejército re-
gular y llegaron a Ngoubé con el comandante, eran los
únicos con acceso a las armas de fuego, que se guardaban
en la caserna. Los guardias bantúes eran reclutados a la
fuerza en la adolescencia. Estaban mal armados, princi-
palmente con machetes y cuchillos, y obedecían más por
miedo que por lealtad. Bajo las órdenes del puñado de
soldados de Mbembelé, los guardias debían reprimir al
resto de la población bantú, es decir, sus propias familias
y amigos. La feroz disciplina no dejaba escapatoria; los
rebeldes y los desertores eran ejecutados sin juicio.

Las mujeres de Ngoubé, que antes eran independien-
tes y tomaban parte en las decisiones de la comunidad,

perdieron sus derechos y fueron destinadas a trabajar en las plantaciones de Kosongo y atender las exigencias de los hombres. Las jóvenes más bellas se destinaban al harén del rey. El sistema de espionaje del comandante empleaba incluso a los niños, quienes aprendían a vigilar a sus propios familiares. Bastaba ser acusado de traición, aunque no hubiera prueba, para perder la vida. Al comienzo asesinaron a muchos, pero la población de la zona no era numerosa y, al ver que se estaban quedando sin súbditos, el rey y el comandante debieron limitar su entusiasmo.

También contaban con la ayuda de Sombe, el brujo, a quien convocaban cuando se requerían sus servicios. La gente estaba acostumbrada a los curanderos o brujos, cuya misión era servir de enlace con el mundo de los espíritus, sanar enfermedades, realizar encantamientos y fabricar amuletos de protección. Suponían que por lo general el fallecimiento de una persona es causado por magia. Cuando alguien moría, al brujo le tocaba averiguar quién había provocado la muerte, deshacer el maleficio y castigar al culpable u obligarlo a pagar una retribución a la familia del difunto. Eso le daba poder en la comunidad. En Ngoubé, como en muchas otras partes de África, siempre hubo brujos, unos más respetados que otros, pero ninguno como Sombe.

No se sabía dónde vivía el macabro hechicero. Se materializaba en la aldea, como un demonio, y una vez cumplido su cometido se evaporaba sin dejar rastro y no volvían a verlo durante semanas o meses. Tan temido era que hasta Kosongo y Mbembelé evitaban su presencia y ambos se mantenían encerrados en sus viviendas cuando Sombe llegaba. Su aspecto imponía terror. Era enorme —tan alto como el comandante Mbembelé— y cuando caía en trance adquiría una fuerza descomunal, era capaz de levantar pesados troncos de árbol, que seis hombres no podían mover. Tenía cabeza de leopardo y un collar de dedos que, según decían, había amputado de sus víctimas con el filo de su mirada, tal como decapitaba gallos sin tocarlos durante sus exhibiciones de hechicería.

—Me gustaría conocer al famoso Sombe —opinó Kate cuando los amigos se reunieron para contarse lo que cada uno había averiguado.

—Y a mí me gustaría fotografiar sus trucos de ilusionismo —agregó Joel González.

—Tal vez no son trucos. La magia vudú puede ser muy peligrosa —dijo Angie, estremeciéndose.

La segunda noche en la choza, que les pareció eterna, los expedicionarios mantuvieron las antorchas encendidas, a pesar del olor a resina quemada y la negra humareda, porque al menos se podían ver las cucarachas y las ratas. Kate pasó horas en vela, con el oído atento, esperando que regresaran Nadia y Alexander. Como no había guardias ante la entrada, pudo salir a ventilarse cuando la pesadez del aire en la vivienda se le hizo insoportable. Angie se reunió con ella afuera y se sentaron en el suelo, hombro a hombro.

—Me muero por un cigarro —masculló Angie.

—Ésta es tu oportunidad de dejar este vicio, como hice yo. Provoca cáncer de pulmón —le advirtió Kate—. ¿Quieres un trago de vodka?

—¿Y el alcohol no es un vicio, Kate? —se rió Angie.

—¿Estás insinuando que soy alcohólica? ¡No te atrevas! Bebo unos sorbos de vez en cuando para el dolor de huesos, nada más.

—Hay que escapar de aquí, Kate.

—No podemos irnos sin mi nieto y Nadia —replicó la escritora.

—¿Cuánto tiempo estás dispuesta a esperarlos? Los botes vendrán a buscarnos pasado mañana.

—Para entonces los chicos estarán de regreso.

—¿Y si no es así?

—En ese caso ustedes se van, pero yo me quedo —dijo Kate.

—No te dejaré sola aquí, Kate.

—Tú irás con los demás a buscar ayuda. Deberás comunicarte con la revista *International Geographic* y con la Embajada americana. Nadie sabe dónde estamos.

—La única esperanza es que Michael Mushaha haya captado alguno de los mensajes que envié por radio, pero yo no contaría con eso —dijo Angie.

Las dos mujeres permanecieron en silencio por largo rato. A pesar de las circunstancias en que se encontraban, podían apreciar la belleza de la noche bajo la luna. A esa hora había muy pocas antorchas encendidas en la aldea, salvo las que alumbraban el recinto real y la caserna de los soldados. Llegaba hasta ellas el rumor continuo del bosque y el aroma penetrante de la tierra húmeda. A pocos pasos de distancia existía un mundo paralelo de criaturas que jamás veían la luz del sol y que ahora las acechaban desde las sombras.

—¿Sabes lo que es el pozo, Angie? —preguntó Kate.

—¿El que mencionaban los misioneros en sus cartas?

—No es lo que imaginábamos. No se trata de un pozo de agua —dijo Kate.

—¿No? ¿Y qué es entonces?

—Es el sitio de las ejecuciones.

—¡Qué estás diciendo! —exclamó Angie.

—Lo que te digo, Angie. Está detrás de la vivienda real, rodeado por una empalizada. Está prohibido acercarse.

—¿Es un cementerio?

—No. Es una especie de charco o alberca con cocodrilos…

Angie se puso de pie de un salto, sin poder respirar, con la sensación de llevar una locomotora en el pecho. Las palabras de Kate confirmaban el terror que sentía desde que su avión se estrelló en la playa y se encontró atrapada en esa bárbara región. Hora a hora, día a día, se afirmó en ella el convencimiento de que caminaba inexorablemente hacia su fin. Siempre creyó que moriría joven en un accidente de su avión, hasta que Ma Bangesé, la adivina del mercado, le anunció los cocodrilos. Al principio no tomó demasiado en serio la profecía, pero como sufrió un par de encuentros casi fatales con esas bestias, la idea echó raíces en su mente y se convirtió en una obsesión. Kate adivinó lo que su amiga estaba pensando.

—No seas supersticiosa, Angie. El hecho de que Kosongo críe cocodrilos no significa que tú serás la cena.

—Es mi destino, Kate, no puedo escapar.

—Vamos a salir con vida de aquí, Angie, te lo prometo.

—No puedes prometerme eso, porque no lo puedes cumplir. ¿Qué más sabes?

—En el pozo echan a quienes se rebelan contra la autoridad de Kosongo y Mbembelé —le explicó Kate—. Lo supe por las mujeres pigmeas. Sus maridos tienen que cazar para alimentar a los cocodrilos. Ellas saben cuanto ocurre en la aldea. Son esclavas de los bantúes, hacen el trabajo más pesado, entran en las chozas, escuchan las conversaciones, observan. Andan libres de día, sólo las encierran de noche. Nadie les hace caso, porque creen que no tienen inteligencia humana.

—¿Crees que así mataron a los misioneros y por eso no quedó rastro de ellos? —preguntó Angie con un estremecimiento.

—Sí, pero no estoy segura, por eso no se lo he dicho al hermano Fernando todavía. Mañana averiguaré la verdad y, si es posible, echaré una mirada al pozo. Debemos fotografiarlo, es parte esencial de la historia que pienso escribir para la revista —decidió Kate.

Al día siguiente Kate se presentó de nuevo ante el comandante Mbembelé para comunicarle que Angie Ninderera se sentía muy honrada de las atenciones del rey y estaba dispuesta a considerar su proposición, pero necesitaba por lo menos unos días para decidir, porque le había prometido su mano a un hechicero muy poderoso en Botswana y, como todo el mundo sabía, era muy peligroso traicionar a un brujo, aun en la distancia.

—En ese caso el rey Kosongo no está interesado en la mujer —decidió el comandante.

Kate echó pie atrás rápidamente. No esperaba que Mbembelé lo tomara tan en serio.

–¿No cree que debería consultar a Su Majestad?

–No.

–En realidad, Angie Ninderera no dio su palabra al brujo, digamos que no tiene un compromiso formal, ¿comprende? Me han dicho que por aquí vive Sombe, el hechicero más poderoso de África, tal vez él pueda liberar a Angie de la magia del otro pretendiente... –propuso Kate.

–Tal vez.

–¿Cuándo vendrá el famoso Sombe a Ngoubé?

–Haces muchas preguntas, mujer vieja, molestas como las *mopani* –replicó el comandante haciendo el gesto de espantar una abeja–. Hablaré con el rey Kosongo. Veremos la forma de librar a la mujer.

–Una cosa más, comandante Mbembelé –dijo Kate desde la puerta.

–¿Qué quieres ahora?

–Los aposentos donde nos han puesto son muy agradables, pero están algo sucios, hay un poco de excremento de ratas y murciélagos...

–¿Y?

–Angie Ninderera es muy delicada, el mal olor la pone enferma. ¿Puede mandar a una esclava para que limpie y nos prepare comida? Si no es mucha molestia.

–Está bien –replicó el comandante.

La sirvienta que les asignaron parecía una niña, vestía sólo una falda de rafia, medía escasamente un metro cuarenta de altura y era delgada, pero fuerte. Apareció provista de una escoba de ramas y procedió a barrer el suelo a una velocidad pasmosa. Cuanto más polvo levantaba, peor eran el olor y la mugre. Kate la interrumpió, porque en realidad la había solicitado con otros fines: necesitaba una aliada. Al comienzo la mujer pareció no entender las intenciones y los gestos de Kate, ponía una expresión en blanco, como la de una oveja, pero cuando la escritora le mencionó a Beyé-Dokou, su rostro se iluminó. Kate comprendió que la estupidez era fingida, le servía de protección.

Con mímica y unas pocas palabras en bantú y francés, la pigmea explicó que se llamaba Jena y era la esposa de Beyé-Dokou. Tenían dos hijos, a quienes veía muy poco, porque los tenían encerrados en un corral, pero por el momento los niños estaban bien cuidados por las abuelas. El plazo para que Beyé-Dokou y los otros cazadores se presentaran con el marfil era sólo hasta el día siguiente, si fallaban, perderían a sus niños, dijo Jena, llorando. Kate no supo qué hacer ante esas lágrimas, pero Angie y el hermano Fernando procuraron consolarla con el argumento de que Kosongo no se atrevería a vender a los niños habiendo un grupo de periodistas como testigos. Jena fue de la opinión de que nada ni nadie podía disuadir a Kosongo.

El siniestro tamtan de tambores llenaba la noche africana, estremeciendo el bosque y aterrorizando a los extranjeros, que escuchaban desde su choza con el corazón cargado de oscuros presagios.

—¿Qué significan esos tambores? —preguntó Joel González, tembloroso.

—No sé, pero nada bueno pueden anunciar —replicó el hermano Fernando.

—¡Estoy harta de tener miedo todo el tiempo! ¡Hace días que me duele el pecho de angustia, no puedo respirar! ¡Quiero irme de aquí! —exclamó Angie.

—Recemos, amigos míos —sugirió el misionero.

En ese instante apareció un soldado y, dirigiéndose sólo a Angie, anunció que se llevaría a cabo un «torneo» y que el comandante Mbembelé exigía su presencia.

—Iré con mis compañeros —dijo ella.

—Como quiera —replicó el emisario.

—¿Por qué suenan los tambores? —preguntó Angie.

—Ezenji —fue la escueta respuesta del soldado.

—¿La danza de la muerte?

El hombre no contestó, le dio la espalda y se fue. Los miembros del grupo consultaron entre ellos. Joel González era de la opinión que seguro que se trataba de la propia muerte: les tocaría ser los actores principales en el espectáculo. Kate lo hizo callar.

—Me estás poniendo nerviosa, Joel. Si pretenden matarnos, no lo harán en público. No les conviene provocar un escándalo internacional asesinándonos.

—¿Quién se enteraría, Kate? Estamos a merced de estos dementes. ¿Qué les importa la opinión del resto del mundo? Hacen lo que les da la gana —gimió Joel.

La población de la aldea, menos los pigmeos, se reunió en la plaza. Habían trazado un cuadrilátero con cal en el suelo, como un ring de boxeo, iluminado por antorchas. Bajo el Árbol de las Palabras estaba el comandante acompañado por sus «oficiales», es decir, los diez soldados de la Hermandad del Leopardo, que se mantenían de pie detrás de la silla que él ocupaba. Iba vestido como siempre, con pantalones y botas del ejército, y llevaba sus lentes de espejo, a pesar de que era de noche. A Angie Ninderera la condujeron a otra silla, colocada a pocos pasos del comandante, mientras sus amigos fueron ignorados. El rey Kosongo no estaba, pero sus esposas se apiñaban en el sitio habitual, de pie detrás del árbol, vigiladas por el viejo sádico con la varilla de bambú.

El «ejército» se encontraba presente: los Hermanos

del Leopardo con sus fusiles y los guardias bantúes armados de machetes, cuchillos y bastones. Los guardias eran muy jóvenes y daban la impresión de estar tan asustados como el resto de los habitantes de la aldea. Pronto los extranjeros comprenderían la razón.

Los tres músicos con chaquetas de uniforme militar y sin pantalones, que la noche de la llegada de Kate y su grupo golpeaban palos, ahora disponían de tambores. El sonido que producían era monótono, lúgubre, amenazante, muy diferente a la música de los pigmeos. El tamtan continuó un largo rato, hasta que la luna sumó su luz a la de las antorchas. Entretanto habían traído bidones de plástico y calabazas con vino de palma, que pasaban de mano en mano. Esta vez ofrecieron a las mujeres, a los niños y a los visitantes. El comandante disponía de whisky americano, seguramente obtenido de contrabando. Bebió un par de sorbos y le pasó la botella a Angie, quien la rechazó dignamente, porque no quería establecer ningún tipo de familiaridad con ese hombre; pero cuando él le ofreció un cigarrillo, no pudo resistir, llevaba una eternidad sin fumar.

Ante un gesto de Mbembelé, los músicos tocaron un redoble de tambores, anunciando el comienzo de la función. Desde el otro extremo del patio trajeron a los dos guardias designados para vigilar la choza de los forasteros y bajo cuyas narices escaparon Nadia y Alexander. Los empujaron al cuadrilátero, donde permanecieron de rodillas, con las cabezas gachas, temblando. Eran muy jóvenes, Kate calculó que debían tener la edad de su nieto, unos diecisiete o dieciocho años. Una mujer, tal vez la madre de uno de ellos, dio un grito y se lanzó hacia el ring, pero de inmediato fue retenida por otras mujeres, que se la llevaron abrazada, tratando de consolarla.

Mbembelé se puso de pie, con las piernas separadas, las manos empuñadas sobre las caderas, la mandíbula protuberante, el sudor brillando en su cráneo afeitado y su desnudo torso de atleta. Con esa actitud y los lentes de sol que ocultaban sus ojos, era la imagen misma del villano de las películas de acción. Ladró unas cuantas frases en su idioma, que los visitantes no entendieron, enseguida volvió a instalarse echado hacia atrás en su silla. Un soldado entregó un cuchillo a cada uno de los hombres en el cuadrilátero.

Kate y sus amigos no tardaron en darse cuenta de las reglas del juego. Los dos guardias estaban condenados a luchar por sus vidas y sus compañeros, así como sus familiares y amigos, estaban condenados a presenciar aquella cruel forma de disciplina. Ezenji, la danza sagrada, que los pigmeos ejecutaban antiguamente antes de salir de caza para invocar al gran espíritu del bosque, en Ngoubé había degenerado, convirtiéndose en un torneo de muerte.

La pelea entre los dos guardias castigados fue breve. Durante unos minutos parecieron bailar en círculos, con los puñales en las manos, buscando un descuido del contrincante para asestar el golpe. Mbembelé y sus soldados los azuzaban con gritos y rechiflas, pero el resto de los espectadores guardaba ominoso silencio. Los otros guardias bantúes estaban aterrados, porque calculaban que cualquiera de ellos podría ser el próximo en ser condenado. La gente de Ngoubé, impotente y furiosa, se despedía de los jóvenes; sólo el miedo a Mbembelé y el mareo provocado por el vino de palma, impedían que estallara una revuelta. Las familias estaban unidas por múltiples lazos de sangre; quienes observaban aquel espantoso torneo eran parientes de los muchachos con los puñales.

Cuando por fin los luchadores se decidieron a atacarse, las hojas de los cuchillos brillaron un instante en la luz de las antorchas antes de descender sobre los cuerpos. Dos gritos simultáneos desgarraron la noche y ambos muchachos cayeron, uno revolcándose por el suelo y el otro a gatas, con el arma todavía en la mano. La luna pareció detenerse en el cielo, mientras la población de Ngoubé retenía el aliento. Durante largos minutos el joven que yacía por tierra se estremeció varias veces y luego quedó inmóvil. Entonces el otro soltó el cuchillo y se postró con la frente en el suelo y los brazos sobre la cabeza, convulsionado de llanto.

Mbembelé se puso de pie, se acercó con estudiada lentitud y con la punta de la bota le dio la vuelta al cuerpo del primero, enseguida desenfundó la pistola que llevaba en el cinturón y apuntó a la cabeza del otro joven. En ese mismo instante Angie Ninderera se lanzó hacia el centro de la plaza y se colgó del comandante con tal celeridad y fuerza, que lo tomó de sorpresa. La bala se estrelló en el suelo a pocos centímetros de la cabeza del condenado. Una exclamación de horror recorrió la aldea: estaba absolutamente prohibido tocar al comandante. Nunca antes se había atrevido alguien a ponerse frente a él en aquella forma. La acción de Angie produjo tal incredulidad en el militar, que demoró un par de segundos en sacudirse el estupor, eso le dio tiempo a ella de colocarse delante de la pistola, bloqueando a la víctima.

–Dígale al rey Kosongo que acepto ser su esposa y quiero la vida de estos muchachos como regalo de bodas –dijo la mujer con voz firme.

Mbembelé y Angie se miraron a los ojos, midiéndose con ferocidad, como un par de boxeadores antes del combate. El comandante era media cabeza más alto y mucho más fuerte que ella, además tenía una pistola, pero Angie era una de esas personas con inquebrantable confianza en sí misma. Se creía bella, lista, irresistible y tenía una actitud atrevida, que le servía para hacer su santa voluntad. Apoyó sus dos manos sobre el pecho desnudo del odiado militar –tocándolo por segunda vez– y lo empujó con suavidad, obligándolo a retroceder. Acto seguido lo fulminó con una sonrisa capaz de desarmar al más bravo.

—Vamos, comandante, ahora sí que acepto un trago de su whisky –dijo alegremente, como si en vez de un duelo a muerte hubieran presenciado un acto de circo.

Entretanto el hermano Fernando, seguido por Kate y Joel González, se acercaron también y procedieron a levantar a los dos muchachos. Uno estaba cubierto de sangre y se tambaleaba, el otro inconsciente. Los sostuvieron por los brazos y se los llevaron casi a rastras hacia la choza donde estaban alojados, mientras la población de Ngoubé, los guardias bantúes y los Hermanos del Leopardo observaban la escena con el más absoluto asombro.

CAPÍTULO TRECE

David y Goliat

L A R E I N A N A N A - A S A N T E acompañó a Nadia y Alexander por la delgada huella en el bosque, que unía la aldea de los antepasados con el altar donde aguardaba Beyé-Dokou. Aún no salía el sol y la luna había desaparecido, era la hora más negra de la noche, pero Alexander llevaba su linterna y Nana-Asante conocía el sendero de memoria, porque lo recorría a menudo para apoderarse de las ofrendas de comida que dejaban los pigmeos.

Alexander y Nadia estaban transformados por la experiencia vivida en el mundo de los espíritus. Durante unas horas dejaron de ser individuos y se fundieron en la totalidad de lo que existe. Se sentían fuertes, seguros, lúcidos; podían ver la realidad desde una perspectiva más rica y luminosa. Perdieron el temor, incluso el temor a la muerte, porque comprendieron que, pasara lo que pasara, no desaparecerían tragados por la oscuridad. Nunca estarían separados, formaban parte de un solo espíritu.

Resultaba difícil imaginar que en el plano metafísico los villanos como Mauro Carías en el Amazonas, el Es-

231

pecialista en el Reino Prohibido y Kosongo en Ngoubé tenían almas idénticas a las de ellos. ¿Cómo podía ser que no hubiera diferencia entre villanos y héroes, santos y criminales; entre los que hacen el bien y los que pasan por el mundo causando destrucción y dolor? No conocían la respuesta a ese misterio, pero supusieron que cada ser contribuye con su experiencia a la inmensa reserva espiritual del universo. Unos lo hacen a través del sufrimiento causado por la maldad, otros a través de la luz que se adquiere mediante la compasión.

Al volver a la realidad presente, los jóvenes pensaron en las pruebas que se avecinaban. Tenían una misión inmediata que cumplir: debían ayudar a liberar a los esclavos y derrocar a Kosongo. Para ello había que sacudir la indiferencia de los bantúes, quienes eran cómplices de la tiranía por no oponerse a ella; en ciertas circunstancias no se puede permanecer neutral. Sin embargo, el desenlace no dependía de ellos, los verdaderos protagonistas y héroes de la historia eran los pigmeos. Eso les quitó un tremendo peso de los hombros.

Beyé-Dokou estaba dormido y no los oyó llegar. Nadia lo despertó con suavidad. Cuando vio a Nana-Asante en la luz de la linterna, creyó estar en presencia de un fantasma, se le desorbitaron los ojos y se puso color ceniza, pero la reina se echó a reír y le acarició la cabeza, para probar que estaba tan viva como él; luego le contó que durante esos años había permanecido oculta en el cementerio, sin atreverse a salir por miedo a Kosongo. Agregó que estaba cansada de esperar a que las cosas se arreglaran solas, había llegado el momento de regresar a Ngoubé, enfrentar con el usurpador y liberar a su gente de la opresión.

—Nadia y yo iremos a Ngoubé a preparar el terreno —anunció Alexander—. Nos las arreglaremos para conseguir ayuda. Cuando la gente sepa que Nana-Asante está viva, creo que tendrá ánimo para rebelarse.

—Los cazadores iremos por la tarde. A esa hora nos espera Kosongo —dijo Beyé-Dokou.

Acordaron que Nana-Asante no se presentaría en la aldea sin la certeza de que la población la respaldaba, de otro modo Kosongo la mataría con impunidad. Ella era la única carta de triunfo con que contaban en ese peligroso juego, debían dejarla para el final. Si lograban despojar a Kosongo de sus supuestos atributos divinos, tal vez los bantúes le perderían el miedo y se levantarían contra él. Quedaban, por supuesto, Mbembelé y sus soldados, pero Alexander y Nadia propusieron un plan, que fue aprobado por Nana-Asante y Beyé-Dokou. Alexander le entregó su reloj a la reina, porque el pigmeo no sabía usarlo, y se pusieron de acuerdo sobre la hora y la forma de actuar.

El resto de los cazadores se reunió con ellos. Habían

pasado buena parte de la noche danzando en una ceremonia para pedir ayuda a Ezenji y otras divinidades del mundo animal y vegetal. Al ver a la reina tuvieron al principio una reacción bastante más exagerada que la de Beyé-Dokou. Primero creyeron que era un fantasma y echaron a correr despavoridos, seguidos por Beyé-Dokou, quien procuraba explicarles a gritos que no se trataba de un alma en pena. Por fin regresaron uno a uno, cautelosamente, y se atrevieron a tocar a la mujer con la punta de un dedo tembloroso. Luego de comprobar que no estaba muerta, la acogieron con respeto y esperanza.

La idea de inyectar al rey Kosongo con el tranquilizante de Michael Mushaha fue de Nadia. El día anterior había visto a uno de los cazadores tumbar a un mono utilizando un dardo y una cerbatana parecidos a los de los indios del Amazonas. Pensó que del mismo modo se podía lanzar el anestésico. No sabía qué efecto tendría en un ser humano. Si podía tumbar a un rinoceronte en pocos minutos, tal vez mataría a una persona, pero supuso que, dado su enorme tamaño, Kosongo resistiría. Su grueso manto constituía un obstáculo casi insalvable. Con el arma adecuada se podía atravesar el cuero de un elefante, pero con una cerbatana había que dar en la piel desnuda del rey.

Cuando Nadia expuso su proyecto, los pigmeos señalaron al cazador con mejores pulmones y buena puntería.
El hombre infló el pecho y sonrió ante la distinción que
se le hacía, pero el orgullo no le duró mucho, porque de
inmediato los demás se echaron a reír y empezaron a
burlarse, como siempre hacían cuando alguien se jactaba. Una vez que le bajaron los humos de la cabeza, procedieron a entregarle la ampolla con el tranquilizante. El
humillado cazador la guardó sin decir palabra en una
bolsita que llevaba en la cintura.

—El rey dormirá como un muerto por varias horas.
Eso nos dará tiempo para sublevar a los bantúes y luego
aparecerá la reina Nana-Asante —propuso Nadia.

—¿Y qué haremos con el comandante y los soldados?
—preguntaron los cazadores.

—Yo desafiaré a Mbembelé en combate —dijo Alexander.

No supo por qué lo dijo ni cómo pretendía llevar a
cabo tan temerario propósito, simplemente fue lo primero que se le pasó por la mente y lo soltó sin pensar.
Tan pronto lo dijo, sin embargo, la idea tomó cuerpo
y comprendió que no había otra solución. Tal como a
Kosongo debían despojarlo de sus atributos divinos,
para que la gente le perdiera el miedo, que a fin de cuentas era el frágil fundamento de su poder, a Mbembelé

había que derrotarlo en su propio terreno, el de la fuerza bruta.

—No puedes ganar, Jaguar, no eres como él, eres un tipo pacífico. Además él tiene armas y tú nunca has disparado un tiro —arguyó Nadia.

—Será un combate sin armas de fuego, mano a mano o con lanzas.

—¡Estás demente!

Alexander explicó a los cazadores que tenía un amuleto muy poderoso, les mostró el fósil que llevaba colgado al cuello y les contó que provenía de un animal mitológico, un dragón que había vivido en las altas montañas del Himalaya antes que existieran los seres humanos sobre la tierra. Ese amuleto, dijo, lo protegía de objetos cortantes, y para probarlo les ordenó que se colocaran a diez pasos de distancia y lo atacaran con sus lanzas.

Los pigmeos se abrazaron en un círculo, como jugadores de fútbol americano, hablando deprisa y riéndose. De vez en cuando echaban unas miradas de lástima al joven extranjero que solicitaba semejante chifladura. Alexander perdió la paciencia, se introdujo al medio e insistió en que lo pusieran a prueba.

Los hombres se alinearon entre los árboles, poco convencidos y doblados de risa. Alexander midió diez pasos, lo cual no era simple en medio de aquella vegetación, se puso frente a ellos con las manos en jarra y les gritó que estaba listo. Uno a uno los pigmeos tiraron sus lanzas. El muchacho no movió ni un músculo mientras los filos de las armas pasaban rozando a un milímetro de su piel. Los cazadores, desconcertados, recuperaron las lanzas y volvieron a intentarlo, esta vez sin risas y con más energía, pero tampoco lograron tocarlo.

—Ahora ataquen con machetes —les ordenó Alexander.

Dos de ellos, los únicos que disponían de machetes, se le fueron encima gritando a pleno pulmón, pero el muchacho escamoteó el cuerpo sin ninguna dificultad y los filos de las armas se hundieron en la tierra.

—Eres un hechicero muy poderoso —concluyeron, maravillados.

—No, pero mi amuleto vale casi tanto como Ipemba-Afua —replicó Alexander.

—¿Quieres decir que cualquiera con ese amuleto puede hacer lo mismo? —preguntó uno de los cazadores.

—Exactamente.

Una vez más los pigmeos se abrazaron en un círculo, cuchicheando con pasión por largo rato, hasta que se pusieron de acuerdo.

—En ese caso uno de nosotros peleará con Mbembelé —concluyeron.

—¿Por qué? Yo puedo hacerlo —replicó Alexander.

—Porque tú no eres fuerte como nosotros. Eres alto, pero no sabes cazar y te cansas cuando corres. Cualquiera de nuestras mujeres es más hábil que tú —dijo uno de los cazadores.

—¡Vaya! Gracias…

—Es la verdad —asintió Nadia disimulando una sonrisa.

—El *tuma* peleará con Mbembelé —decidieron los pigmeos.

Todos señalaron al mejor cazador, Beyé-Dokou, quien rechazó el honor con humildad, como signo de buena educación, aunque era fácil adivinar cuán complacido se sentía. Después que le rogaron varias veces, aceptó colgarse el excremento de dragón al cuello y colocarse delante de las lanzas de sus compañeros. Se repitió la escena anterior y así se convencieron de que el fósil era un escudo impenetrable. Alexander visualizó a Beyé-Dokou, aquel hombrecito del tamaño de un niño, frente a Mbembelé, quien por lo que sabía era un adversario formidable.

—¿Conocen la historia de David y Goliat? —preguntó.

—No —replicaron los pigmeos.

—Hace mucho tiempo, lejos de este bosque, dos tribus estaban en guerra. Una contaba con un campeón, llamado Goliat, que era un gigante tan alto como un árbol

y tan fuerte como un elefante, con una espada que pesaba
como diez machetes. Todos le tenían terror. David, un
muchacho de la otra tribu se atrevió a desafiarlo. Su arma
era una honda y una piedra. Se juntaron las dos tribus a
observar el combate. David lanzó una piedra que le dio a
Goliat en medio de la frente y lo tiró al suelo, luego le
quitó la espada y lo mató.

Los oyentes se doblaron de la risa, la historia les pareció de una comicidad insuperable, pero no vieron el paralelo hasta que Alexander les dijo que Goliat era
Mbembelé y David era Beyé-Dokou. Lástima que no
dispusieran de una honda, dijeron. No tenían idea de
qué era eso, pero imaginaban que sería un arma formidable. Por último se pusieron en camino para conducir a
sus nuevos amigos hasta las proximidades de Ngoubé. Se
despidieron con fuertes palmadas en los brazos y desaparecieron en el bosque.

Alexander y Nadia entraron a la aldea cuando empezaba a aclarar el día. Sólo unos perros advirtieron su presencia; la población dormía y nadie vigilaba la antigua
misión. Se asomaron en la entrada de la vivienda con
cautela, para no sobresaltar a sus amigos, y fueron recibidos por Kate, quien había dormido muy poco y muy mal.
Al ver a su nieto la escritora sintió una mezcla de pro-

fundo alivio y ganas de zurrarle una buena paliza. Las fuerzas sólo le alcanzaron para cogerlo por una oreja y sacudirlo, mientras lo cubría de insultos.

—¿Dónde estaban ustedes, mocosos del demonio? —les gritó.

—Yo también te quiero, abuela —se rió Alexander, dándole un apretado abrazo.

—¡Esta vez hablo en serio, Alexander, nunca más voy a viajar contigo! ¡Y usted, señorita, tiene muchas explicaciones que darme! —agregó dirigiéndose a Nadia.

—No hay tiempo para ponernos sentimentales, Kate, tenemos mucho que hacer —la interrumpió su nieto.

Para entonces los demás habían despertado y rodeaban a los jóvenes acosándolos a preguntas. Kate se aburrió de mascullar recriminaciones que nadie escuchaba y optó por ofrecer de comer a los recién llegados. Les señaló las pilas de piñas, mangos y bananas, los recipientes llenos de pollo frito en aceite de palma, budín de mandioca y vegetales, que les habían traído de regalo y que los chicos devoraron agradecidos, porque habían comido muy poco en ese par de días. De postre Kate les dio la última lata de durazno al jugo que le quedaba.

—¿No dije que los chavales regresarían? ¡Bendito sea Dios! —exclamaba una y otra vez el hermano Fernando.

En un rincón de la choza habían acomodado a los guardias salvados por Angie. Uno de ellos, de nombre

Adrien, estaba moribundo con una cuchillada en el estómago. El otro, llamado Nze, tenía una herida en el pecho, pero según el misionero, quien había visto muchas heridas en la guerra en Ruanda, no había ningún órgano vital comprometido y podría salvarse, siempre que no se infectara. Había perdido mucha sangre, pero era joven y fuerte. El hermano Fernando lo curó lo mejor posible y le estaba administrando los antibióticos que Angie llevaba en el botiquín de emergencia.

—Menos mal que volvieron, chicos. Tenemos que escapar de aquí antes que Kosongo me reclame como esposa —les dijo Angie.

—Lo haremos con ayuda de los pigmeos, pero antes nosotros debemos ayudarlos a ellos —replicó Alexander—. Por la tarde vendrán los cazadores. El plan es desenmascarar a Kosongo y luego desafiar a Mbembelé.

—Suena sumamente fácil. ¿Puedo saber cómo lo harán? —preguntó Kate, irónica.

Alexander y Nadia expusieron la estrategia, que comprendía, entre otros puntos, sublevar a los bantúes, anunciándoles que la reina Nana-Asante estaba viva, y liberar a las esclavas para que pelearan junto a sus hombres.

—¿Sabe alguno de ustedes cómo podemos inutilizar los fusiles de los soldados? —preguntó Alexander.

—Habría que atrancar el mecanismo… —sugirió Kate.

A la escritora se le ocurrió que podían usar para ese fin la resina que se empleaba para encender las antorchas, una sustancia espesa y pegajosa que se almacenaba en tambores de latón en cada vivienda. Las únicas con acceso libre a la caserna de los soldados eran las esclavas pigmeas, encargadas de limpiar, acarrear el agua y hacerles la comida. Nadia se ofreció para dirigir la operación, porque ya había establecido relación con ellas cuando las visitó en el corral. Kate aprovechó el rifle de Angie para explicarle dónde colocar la resina.

El hermano Fernando anunció que Nze, uno de los jóvenes heridos, podía ayudarlos también. Su madre, así como la madre de Adrien y otros familiares, habían acudido la noche anterior con regalos de fruta, comida, vino de palma y hasta tabaco para Angie, quien se había convertido en la heroína de la aldea por ser la única en la historia capaz de enfrentar al comandante. No sólo lo había hecho de palabra, incluso lo había tocado. No sabían cómo pagarle el haber salvado a los muchachos de una muerte segura en manos de Mbembelé.

Esperaban que Adrien falleciera en cualquier momento, pero Nze estaba lúcido, aunque muy débil. El terrible torneo sacudió la parálisis de terror en que el muchacho había vivido por años. Se consideraba resucitado, el destino le ofrecía unos días más de vida como un regalo. Nada tenía que perder, puesto que estaba igual que muerto; apenas los extranjeros se marcharan, Mbembelé lo lanzaría a los cocodrilos. Al aceptar la posibilidad de su muerte inmediata, adquirió el valor que antes no tenía. Ese valor se vio redoblado cuando se enteró de que la reina Nana-Asante estaba a punto de regresar para reclamar el trono usurpado por Kosongo. Aceptó el plan de los extranjeros de incitar a los bantúes de Ngoubé a sublevarse, pero les pidió que si el plan no resultaba como esperaban, le dieran a él y a Adrien una muerte misericordiosa. No deseaba ir a parar vivo a manos de Mbembelé.

Durante la mañana Kate se presentó ante el comandante para informarle de que Nadia y Alexander se habían salvado por milagro de perecer en el bosque y estaban de regreso en la aldea. Eso significaba que ella y el resto del grupo se marcharían tan pronto regresaran las canoas a buscarlos al día siguiente. Agregó que se sentía muy defraudada por no haber podido hacer el reportaje para la revista sobre su Serenísima Majestad, el rey Kosongo.

El comandante pareció aliviado con la idea de que esos molestos extranjeros abandonaran su territorio y se dispuso a facilitarles la retirada, siempre que Angie cum-

pliera su promesa de formar parte del harén de Kosongo.
Kate temía que eso ocurriera y tenía una historia prepa-
rada. Preguntó dónde estaba el rey, por qué no lo habían
visto, ¿acaso estaba enfermo? ¿No sería que el brujo que
pretendía casarse con Angie Ninderera le había echado
una maldición desde la distancia? Todo el mundo sabe
que la prometida o la esposa de un brujo es intocable; en
este caso se trata de uno particularmente vengativo, dijo.
En una ocasión anterior, un político importante que insistió en hacer la corte a Angie, perdió su posición en el
gobierno, su salud y su fortuna. El hombre, desesperado,
pagó a unos truhanes para que asesinaran al hechicero,
pero no pudieron hacerlo, porque los machetes se derri-
tieron como manteca en sus manos, agregó.

Tal vez Mbembelé se impresionó con el cuento, pero
Kate no lo advirtió, porque su expresión era inescrutable
tras los lentes de espejo.

—En la tarde Su Majestad, el rey Kosongo, dará una
fiesta en honor a la mujer y al marfil que traerán los pigmeos —anunció el militar.

—Disculpe, comandante... ¿no está prohibido traficar
con marfil? —preguntó Kate.

—El marfil y todo lo que hay aquí pertenece al rey, ¿entendido, mujer vieja?

—Entendido, comandante.

Entretanto, Nadia, Alexander y los demás llevaban a cabo los preparativos para la tarde. Angie no pudo participar, como deseaba, porque cuatro jóvenes esposas del rey acudieron a buscarla y la condujeron al río, donde la acompañaron a darse un largo baño, vigiladas por el viejo de la caña de bambú. Cuando éste hizo ademán de propinarle unos azotes preventivos a la futura esposa de su amo, Angie le mandó un sopapo en la mandíbula y lo dejó tendido en el barro. Luego partió la caña contra su gruesa rodilla y le tiró los pedazos a la cara con la advertencia de que la próxima vez que le levantara la mano, ella lo mandaría a reunirse con sus antepasados. Las cuatro muchachas sufrieron tal ataque de risa que debieron sentarse, porque las piernas no las sostenían. Admiradas, palparon los músculos de Angie y comprendieron que si esa fornida dama entraba al harén, sus vidas posiblemente darían un vuelco positivo. Tal vez Kosongo había encontrado al fin una contrincante a su altura.

Entretanto Nadia instruyó a Jena, la esposa de Beyé-Dokou, en la forma de usar la resina para inutilizar los fusiles. Una vez que la mujer comprendió lo que se esperaba de ella, partió con sus pasitos de niña en dirección a la caserna de los soldados, sin hacer preguntas ni comentarios. Era tan pequeña e insignificante, tan silenciosa y discreta, que nadie percibió el feroz brillo de venganza en sus ojos castaños.

El hermano Fernando se enteró por Nze de la suerte de los misioneros desaparecidos. Aunque ya lo sospechaba, el choque al ver sus temores confirmados fue violento. Los misioneros habían llegado a Ngoubé con la intención de extender su fe y nada pudo disuadirlos; ni amenazas, ni el clima infernal, ni la soledad en que vivían. Kosongo los mantuvo aislados, pero poco a poco fueron ganando la confianza de algunas personas, lo cual terminó por atraer la furia del rey y Mbembelé. Cuando empezaron a oponerse abiertamente al abuso que sufría la población y a interceder por los esclavos pigmeos, el comandante los puso con sus bártulos en una canoa y los mandó río abajo, pero una semana más tarde los hermanos regresaron más determinados que antes. A los pocos días desaparecieron. La versión oficial fue que nunca habían estado en Ngoubé. Los soldados quemaron sus escasas pertenencias y se prohibió mencionar sus nombres. Para nadie era un misterio, sin embargo, que los misioneros perecieron asesinados y sus cuerpos fueron lanzados al pozo de los cocodrilos. Nada quedó de ellos.

—Son mártires, verdaderos santos, nunca serán olvidados —prometió el hermano Fernando secándose las lágrimas que bañaban sus enjutas mejillas.

A eso de las tres de la tarde regresó Angie Ninderera. Casi no la reconocieron. Venía peinada con una torre de trenzas y cuentas de oro y vidrio que rozaba el techo, tenía la piel brillante de aceite, estaba envuelta en una amplia túnica de atrevidos colores, llevaba pulseras de oro en los brazos desde las muñecas hasta el codo y sandalias de piel de culebra. Su aparición llenó la choza.

—¡Parece la Estatua de la Libertad! —comentó Nadia, encantada.

—¡Jesús! ¡Qué han hecho con usted, mujer! —exclamó horrorizado el misionero.

—Nada que no pueda quitarse, hermano —replicó ella y, haciendo sonar las pulseras de oro, agregó—: Con esto pienso comprarme una flotilla de aviones.

—Si es que puede escapar de Kosongo.

—Escaparemos todos, hermano —sonrió ella, muy segura de sí misma.

—No todos. Yo me quedaré para reemplazar a los hermanos que fueron asesinados —replicó el misionero.

CAPÍTULO CATORCE

La Última Noche

LOS FESTEJOS COMENZARON alrededor de las cinco de la tarde, cuando el calor disminuyó un poco. Entre la población de Ngoubé reinaba un clima de gran tensión. La madre de Nze había echado a correr la voz entre los bantúes de que Nana-Asante, la legítima reina, tan llorada por su pueblo, estaba viva. Agregó que los extranjeros pensaban ayudar a la reina a recuperar su trono y que ésa sería la única oportunidad que tendrían de deshacerse de Kosongo y Mbembelé. ¿Hasta cuándo iban a soportar que reclutaran a sus hijos para convertirlos en asesinos? Vivían espiados sin libertad para moverse o pensar, cada vez más pobres. Todo lo que producían se lo llevaba Kosongo; mientras él acumulaba oro, diamantes y marfil, el resto de la gente no contaba ni con vacunas. La mujer habló discretamente con sus hijas, éstas con las amigas y en menos de una hora la mayor parte de los adultos compartían la misma inquietud. No se atrevieron a hacer partícipes a los guardias, aunque eran miembros de sus propias familias, porque no sabían cómo

248

reaccionarían; Mbembelé les había lavado el cerebro y
los tenía en un puño.

La angustia era mayor entre las mujeres pigmeas, porque esa tarde se vencía el plazo para salvar a sus hijos. Sus
maridos siempre conseguían llegar a tiempo con los colmillos de elefante, pero ahora algo había cambiado.
Nadia le dio a Jena la fantástica noticia de que habían recuperado el amuleto sagrado, Ipemba-Afua, y que los
hombres no vendrían con el marfil, sino con la decisión
de enfrentarse a Kosongo. Ellas también tendrían que
luchar. Durante años habían soportado la esclavitud cre-
yendo que si obedecían sus familias podrían sobrevivir;
pero la mansedumbre de poco les había servido, sus condiciones de vida eran cada vez más duras. Cuanto más
aguantaban, peor era el abuso que padecían. Tal como
Jena explicó a sus compañeras, cuando no hubiera más
elefantes en el bosque, venderían a sus hijos de todos
modos. Más valía morir en la rebelión, que vivir en la esclavitud.

El harén de Kosongo también estaba alborotado, porque ya se sabía que la futura esposa no tenía miedo de
nada y era casi tan fuerte como Mbembelé, se burlaba
del rey y había aturdido al viejo de un solo sopapo. Las
mujeres que no tuvieron la suerte de ver la escena no lo
podían creer. Sentían terror de Kosongo, quien las había

obligado a casarse con él, y un respeto reverencial por el viejo cascarrabias encargado de vigilarlas. Algunas pensaban que en menos de tres días la arrogante Angie Ninderera sería domada y convertida en una más de las sumisas esposas del rey, tal como les ocurrió a cada una de ellas; pero las cuatro jóvenes que la acompañaron al río y vieron sus músculos y su actitud, estaban convencidas de que no sería así.

Los únicos que no se daban cuenta de que algo estaba sucediendo eran justamente quienes debían estar mejor informados: Mbembelé y su «ejército». La autoridad se les había subido a la cabeza, se sentían invencibles. Habían creado su propio infierno, donde se sentían confortables y, como jamás habían sido desafiados, se descuidaron.

Por orden de Mbembelé, las mujeres de la aldea se encargaron de los preparativos para la boda del rey. Decoraron la plaza con un centenar de antorchas y arcos hechos con ramas de palma, amontonaron pirámides de fruta y cocinaron un banquete con lo que había a mano: gallinas, ratas, lagartos, antílope, mandioca y maíz. Los bidones con vino de palma empezaron a circular temprano entre los guardias, pero la población civil se abstuvo de beberlo, tal como había instruido la madre de Nze.

∽∾

Todo estaba listo para la doble ceremonia de la boda real y la entrega del marfil. La noche aún no había caído, pero ya ardían las antorchas y el aire estaba impregnado del olor a carne asada. Bajo el Árbol de las Palabras se alineaban los soldados de Mbembelé y los personajes de su patética corte. La población de Ngoubé se agrupaba a ambos lados de la plazuela y los guardias bantúes vigilaban en sus puestos, armados con sus machetes y garrotes. Para los visitantes extranjeros habían provisto banquitos de madera. Joel González tenía sus cámaras listas y los demás se mantenían alertas, preparados para actuar cuando llegara el momento. La única del grupo que estaba ausente era Nadia.

En un sitio de honor bajo el árbol aguardaba Angie Ninderera, impresionante en su túnica nueva y sus adornos de oro. No parecía preocupada en lo más mínimo, a pesar de que muchas cosas podían salir mal esa tarde. Cuando por la mañana Kate le planteó sus temores, Angie replicó que no había nacido aún el hombre que pudiera asustarla y agregó que ya vería Kosongo quién era ella.

—Pronto el rey me ofrecerá todo el oro que tiene, para que me vaya lo más lejos posible —se rió.

—A menos que te eche al pozo de los cocodrilos —masculló Kate, muy nerviosa.

Cuando los cazadores llegaron a la aldea con sus redes y sus lanzas, pero sin los colmillos de elefante, los habitantes de la aldea comprendieron que la tragedia ya había comenzado y nada podría detenerla. Un largo suspiro salió de todos los pechos y recorrió la plaza; en cierta forma la gente se sintió aliviada, cualquier cosa era mejor que seguir soportando la horrible tensión de ese día. Los guardias bantúes, desconcertados, rodearon a los pigmeos esperando instrucciones de su jefe, pero el comandante no se encontraba allí.

Transcurrió media hora, durante la cual la angustia entre los presentes aumentó a un nivel insoportable. Los bidones con licor circulaban entre los jóvenes guardias, que tenían los ojos inyectados y se habían puesto locuaces y desordenados. Unos de los Hermanos del Leopardo les ladró y de inmediato dejaron los recipientes de vino en el suelo y se cuadraron por unos minutos, pero la disciplina no duró mucho.

Un marcial redoble de tambores anunció por fin la llegada del rey. Abría la marcha la Boca Real, acompañado por un guardia con una cesta de pesadas joyas de oro de regalo para la novia. Kosongo podía mostrarse generoso en público, porque apenas Angie pasara a ser parte de su harén, las joyas volvían a su poder. Seguían las esposas cubiertas de oro y el viejo que las cuidaba, con la cara hinchada y sólo cuatro dientes sueltos bailándole en la boca. Se notaba un cambio evidente en la actitud de las mujeres, ya no actuaban como ovejas, sino como una manada de animadas cebras. Angie les hizo un gesto con la mano y ellas contestaron con amplias sonrisas de complicidad.

Detrás del harén iban los cargadores llevando en andas la plataforma sobre la cual estaba Kosongo sentado en el sillón francés. Lucía el mismo atuendo de antes, con el impresionante sombrero y la cortina de cuentas tapándole la cara. El manto aparecía chamuscado en algunas partes, pero en buen estado. Lo único que faltaba era el amuleto de los pigmeos colgando del cetro, en su lugar había un hueso similar, que a la distancia podía pasar por Ipemba-Afua. Al rey no le convenía admitir que le habían despojado del objeto sagrado. Por lo demás, estaba seguro de que no necesitaba el amuleto para controlar a los pigmeos, a quienes consideraba unas criaturas miserables.

El cortejo real se detuvo en el centro de la plaza, para que nadie dejara de admirar al soberano. Antes que los portadores llevaran la plataforma a su sitio bajo el Árbol de las Palabras, la Boca Real preguntó a los pigmeos por el marfil. Los cazadores se adelantaron y la población entera pudo apreciar que uno de ellos llevaba el amuleto sagrado, Ipemba-Afua.

—Se acabaron los elefantes. No podemos traer más

colmillos. Ahora queremos a nuestras mujeres y nuestros hijos. Vamos a volver al bosque —anunció Beyé-Dokou sin que le temblara la voz.

Un silencio sepulcral recibió este breve discurso. La posibilidad de una rebelión de los esclavos no se le había ocurrido a nadie todavía. La primera reacción de los Hermanos del Leopardo fue matar a tiros al grupo de hombrecitos, pero no estaba Mbembelé entre ellos para dar la orden y el rey aún no reaccionaba. La población estaba desconcertada, porque la madre de Nze no había dicho nada respecto a los pigmeos. Durante años los bantúes se beneficiaron del trabajo de los esclavos y no les convenía perderlos, pero comprendieron que se había roto el equilibrio de antes. Por primera vez sintieron respeto por aquellos seres, los más pobres, indefensos y vulnerables, mostraban un valor increíble.

Kosongo llamó a su mensajero con un gesto y murmuró algo a su oído. La Boca Real dio orden de traer a los niños. Seis guardias se dirigieron a uno de los corrales y poco después reaparecieron conduciendo a un grupo miserable: dos mujeres de edad, vestidas con faldas de rafia, cada una con bebés en brazos, rodeadas por varios niños de diferentes edades, diminutos y aterrorizados. Cuando vieron a sus padres algunos hicieron ademán de correr hacia ellos, pero fueron detenidos por los guardias.

El rey debe comerciar, es su deber. Ustedes saben lo que pasa si no traen marfil —anunció la Boca Real.

Kate Cold no pudo soportar más la angustia y, a pesar de haberle prometido a Alexander que no iba a intervenir, corrió hacia el centro de la plazuela y se plantó delante de la plataforma real, que aún estaba sobre los hombros de los portadores. Sin acordarse para nada del protocolo, que la obligaba a postrarse, increpó a Kosongo a gritos, recordándole que ellos eran periodistas internacionales, que informarían al mundo sobre los crímenes contra la humanidad que se cometían en esa aldea. No alcanzó a terminar, porque dos soldados armados de fusiles la levantaron por los brazos. La vieja escritora siguió alegando mientras se la llevaban pataleando en el aire en dirección al pozo de los cocodrilos.

El plan trazado con tanto cuidado por Nadia y Alexander se desmoronó en cuestión de minutos. Habían asignado una misión a cada miembro del grupo, pero la intervención a destiempo de Kate sembró caos entre los amigos. Por fortuna también los guardias y el resto de la población estaban confundidos.

El pigmeo designado para disparar al rey la ampolla de anestésico, quien se había mantenido oculto entre las chozas, no pudo esperar el mejor momento para hacerlo. Apurado por las circunstancias, se llevó la cerbatana a la boca y sopló, pero la inyección destinada a Kosongo dio en el pecho de uno de los cargadores que sostenían la plataforma. El hombre sintió una picada de abeja, pero no disponía de una mano libre para sacudir al supuesto insecto. Durante unos instantes se mantuvo en pie y de súbito se le doblaron las rodillas y cayó inconsciente. Sus compañeros no estaban preparados y el peso fue insostenible, la plataforma se inclinó y el sillón francés rodó hacia el suelo. Kosongo dio un grito tratando de equilibrarse y por una fracción de segundo quedó suspendido en el aire, luego aterrizó enredado en el manto, con el sombrero torcido y bramando de rabia.

Angie Ninderera decidió que había llegado el momento de improvisar, puesto que el plan original estaba arruinado. De cuatro zancadas llegó junto al rey caído, de dos manotazos apartó a los guardias que intentaron detenerla y con uno de sus largos alaridos de indio comanche cogió el sombrero y lo arrancó de la cabeza real.

La acción de Angie fue tan inesperada y tan atrevida, que la gente se paralizó, como en una fotografía. La tierra no tembló cuando los pies del rey se posaron en ella. Con sus gritos de rabia nadie quedó sordo, no cayeron pájaros muertos del cielo ni se convulsionó el bosque en estertores de agonía. Al ver el rostro de Kosongo por primera vez nadie quedó ciego, sólo sorprendido. Cuando cayó el sombrero y la cortina, todos pudieron ver la cabeza inconfundible del comandante Maurice Mbembelé.

—¡Ya decía Kate que ustedes se parecen demasiado! —exclamó Angie.

Para entonces los soldados habían reaccionado y se precipitaron a rodear al comandante, pero ninguno se atrevió a tocarlo. Incluso los hombres que conducían a Kate hacia su muerte soltaron a la escritora y regresaron corriendo junto a su jefe, pero tampoco ellos osaron ayudarlo. Esto permitió a Kate disimularse entre la gente y hablar con Nadia. Mbembelé logró desprenderse del manto y de un salto se puso de pie. Era la imagen misma de la furia, cubierto de sudor, con los ojos desorbitados, echando espuma por la boca, rugiendo como una fiera. Levantó su poderoso puño con la intención de descargarlo sobre Angie, pero ésta ya estaba fuera de su alcance.

Beyé-Dokou escogió ese momento para adelantarse. Se requería un valor inmenso para desafiar al comandante en tiempos normales; hacerlo entonces, cuando estaba indignado, era de una temeridad suicida. El pequeño cazador se veía insignificante frente al descomunal Mbembelé, quien se elevaba como una torre frente a él. Mirándolo hacia arriba, el pigmeo invitó al gigante a batirse en combate singular.

Un murmullo de asombro recorrió la aldea. Nadie podía creer lo que estaba ocurriendo. La gente se adelantó, agrupándose detrás de los pigmeos, sin que los guardias, tan pasmados como el resto de la población, atinaran a intervenir.

Mbembelé vaciló, desconcertado, mientras las palabras del esclavo penetraban en su cerebro. Cuando por fin comprendió el inmenso atrevimiento que tal desafío implicaba, lanzó una carcajada estrepitosa, que se prolongó en oleadas durante varios minutos. Los Hermanos del Leopardo lo imitaron, porque supusieron que eso se esperaba de ellos, pero la risa resultó forzada; el asunto había tomado un cariz demasiado grotesco y no sabían cómo actuar. Podían palpar la hostilidad de la población y presentían que los guardias bantúes estaban confundidos, listos para sublevarse.

—¡Despejen la plaza! —ordenó Mbembelé.

La idea de Ezenji o duelo mano a mano no resultaba novedosa para nadie en Ngoubé, porque así se castigaba a los presos y de paso se creaba una diversión que al comandante le encantaba. Lo único diferente en este caso era que Mbembelé no sería juez y espectador, sino que le tocaría participar. Por supuesto que pelear contra un pigmeo no le causaba ni la menor preocupación, pensaba aplastarlo como un gusano, pero antes lo haría sufrir un poco.

El hermano Fernando, quien se había mantenido a cierta distancia, ahora salió al frente revestido de una nueva autoridad. La noticia de la muerte de sus compañeros había reforzado su fe y su coraje. No temía a Mbembelé, porque albergaba la convicción de que los seres malvados tarde o temprano pagan sus faltas y aquel comandante había cumplido ampliamente su cuota de crímenes; había llegado la hora de rendir cuentas.

—Yo serviré de árbitro. No pueden usar armas de fuego. ¿Qué armas escogen, lanza, cuchillo o machete? —anunció.

—Nada de eso. Lucharemos sin armas, mano a mano —replicó el comandante con una mueca feroz.

—Está bien —aceptó Beyé-Dokou sin vacilar.

Alexander se dio cuenta de que su amigo se creía protegido por el fósil; no sabía que sólo servía de escudo contra armas cortantes, pero no lo salvaría de la fuerza sobrehumana del comandante, quien podía descuartizarlo a mano limpia. Se llevó aparte al hermano Fernando para rogarle que no aceptara esas condiciones, pero el misionero replicó que Dios velaba por la causa de los justos.

—¡Beyé-Dokou está perdido en una lucha cuerpo a cuerpo! ¡El comandante es mucho más fuerte! —exclamó Alexander.

—También el toro es más fuerte que el torero. El truco consiste en cansar a la bestia —indicó el misionero.

Alexander abrió la boca para replicar y al instante comprendió lo que el hermano Fernando intentaba explicarle. Salió disparado a preparar a su amigo para la tremenda prueba que debía enfrentar.

En el otro extremo de la aldea, Nadia había quitado la tranca y abierto el portón del corral donde mantenían encerradas a las pigmeas. Un par de cazadores, que no se habían presentado en Ngoubé con los demás, se aproximaron trayendo lanzas, que repartieron entre ellas. Las mujeres se deslizaron como fantasmas entre las chozas y se ubicaron en torno a la plaza, ocultas por las sombras de la noche, preparadas para actuar cuando llegara el momento. Nadia se reunió con Alexander, quien estaba aleccionando a Beyé-Dokou, mientras los soldados trazaban el ring en el lugar habitual.

—No hay que preocuparse por los fusiles, Jaguar, sólo la pistola que tiene Mbembelé en el cinturón, es la única que no pudimos inutilizar —dijo Nadia.

—¿Y los guardias bantúes?

—No sabemos cómo van a reaccionar, pero a Kate se le ha ocurrido una idea —replicó ella.

—¿Crees que debo decirle a Beyé-Dokou que el amuleto no puede protegerlo de Mbembelé?

−¿Para qué? Eso le quitaría confianza −contestó ella.

Alexander notó que la voz de su amiga sonaba cascada, no parecía totalmente humana, era casi un graznido. Nadia tenía los ojos vidriosos, estaba muy pálida y respiraba agitadamente.

−¿Qué te pasa, Águila? −preguntó.

−Nada. Cuídate mucho, Jaguar. Tengo que irme.

−¿Adónde vas?

−A buscar ayuda contra el monstruo de tres cabezas, Jaguar.

−¡Acuérdate de la predicción de Ma Bangesé, no podemos separarnos!

Nadia le dio un beso ligero en la frente y salió corriendo. En la excitación que reinaba en la aldea, nadie, salvo Alexander, vio al águila blanca que se elevaba por encima de las chozas y se perdía en dirección al bosque.

En una esquina del cuadrilátero aguardaba el comandante Mbembelé. Iba descalzo y vestía solamente el pantalón corto, que había llevado bajo el mando real, y un ancho cinturón de cuero con su pistola al cinto. Se había frotado el cuerpo con aceite de palma, sus prodigiosos músculos parecían esculpidos en roca viva y su piel relucía como obsidiana en la luz vacilante de las cien antorchas. Las cicatrices rituales en sus brazos y mejillas acentuaban su extraordinario aspecto. Sobre el cuello de toro su cabeza afeitada parecía pequeña. Las facciones clásicas de su rostro habrían sido hermosas si no estuvieran desfiguradas por una expresión bestial. A pesar del odio que ese hombre provocaba, nadie dejaba de admirar su estupendo físico.

Por contraste, el hombrecito que estaba en la esquina opuesta era un enano que a duras penas alcanzaba la cintura del gigantesco Mbembelé. Nada atrayente había en su figura desproporcionada y su rostro chato, de nariz aplastada y frente corta, excepto el coraje y la inteligencia que brillaban en sus ojos. Se había quitado su roñosa camiseta amarilla y también estaba prácticamente desnudo y embetunado de aceite. Llevaba al cuello un trozo de roca colgado de una cuerda: el mágico excremento de dragón de Alexander.

—Un amigo mío, llamado Tensing, que conoce mejor que nadie el arte de la lucha cuerpo a cuerpo, me dijo que la fuerza del enemigo es también su debilidad —explicó Alexander a Beyé-Dokou.

—¿Qué quiere decir eso? —preguntó el pigmeo.

—La fuerza de Mbembelé reside en su tamaño y su peso. Es como un búfalo, puro músculo. Como pesa mucho, no tiene flexibilidad y se cansa rápido. Además, es arrogante, no está acostumbrado a que lo desafíen. Hace muchos años que no tiene necesidad de cazar o de pelear. Tú estás en mejor forma.

—Y yo tengo esto —agregó Beyé-Dokou acariciando el amuleto.

—Más importante que eso, amigo mío, es que tú peleas por tu vida y la de tu familia. Mbembelé lo hace por gusto. Es un matón y como todos los matones, es cobarde —replicó Alexander.

Jena, la esposa de Beyé-Dokou, se acercó a su marido, le dio un breve abrazo y le dijo unas palabras al oído. En ese instante los tambores anunciaron el comienzo del combate.

En torno al cuadrilátero, alumbrado por antorchas y por la luna, estaban los soldados de la Hermandad del Leopardo con sus fusiles, detrás los guardias bantúes y en tercera fila la población de Ngoubé, todos en peligroso estado de agitación. Por orden de Kate, quien no podía desperdiciar la ocasión de escribir un fantástico reportaje para la revista, Joel González se disponía a fotografiar el evento.

El hermano Fernando limpió sus lentes y se quitó la camisa. Su cuerpo ascético, muy delgado y fibroso, era de un blanco enfermizo. Vestido sólo con pantalones y botas, se preparaba para servir de árbitro, a pesar de que tenía poca esperanza de hacer respetar las reglas elementales de cualquier deporte. Comprendía que se trataba de una lucha mortal; su esperanza consistía en evitar que lo

264 • *Isabel Allende*

fuera. Besó el escapulario que llevaba al cuello y se enco-
mendó a Dios.

Mbembelé lanzó un rugido visceral y avanzó haciendo temblar el suelo con sus pasos. Beyé-Dokou lo
aguardó inmóvil, en silencio, en la misma actitud alerta,
pero calmada, que empleaba durante la caza. Un puño
del gigante salió disparado como un cañonazo contra el
rostro del pigmeo, quien lo esquivó por unos milímetros.
El comandante se fue hacia delante, pero recuperó de inmediato el equilibrio. Cuando asestó el segundo golpe,
su contrincante ya no estaba allí, lo tenía detrás. Se volvió furioso y se le fue encima como una fiera brava, pero
ninguno de sus puñetazos lograba tocar a Beyé-Dokou,
quien danzaba por las orillas del ring. Cada vez que lo
atacaba, el otro se escabullía.

Dada la escasa estatura de su oponente, Mbembelé
debía boxear hacia abajo, en una postura incómoda que
restaba fuerza a sus brazos. Si hubiera logrado colocar
uno solo de sus golpes, habría destrozado la cabeza de
Beyé-Dokou, pero no podía asestar ninguno, porque el
otro era rápido como una gacela y resbaloso como un
pez. Pronto el comandante estaba jadeando y el sudor le
caía sobre los ojos, cegándolo. Calculó que debía medirse: no derrotaría al otro en un solo *round*, como había
supuesto. El hermano Fernando ordenó una pausa y el

fornido Mbembelé obedeció al punto, retirándose a su rincón, donde lo esperaba un balde con agua para beber y lavarse el sudor.

Alexander recibió en su esquina a Beyé-Dokou, quien llegó sonriendo y dando pasitos de baile, como si se tratara de una fiesta. Eso aumentó la rabia del comandante, quien lo observaba desde el otro lado luchando por recuperar el aliento. Beyé-Dokou no parecía tener sed, pero aceptó que le echaran agua por la cabeza.

—Tu amuleto es muy mágico, es lo más mágico que existe después de Ipemba-Afua —dijo, muy satisfecho.

—Mbembelé es como un tronco de árbol, le cuesta mucho doblar la cintura, por eso no puede golpear hacia abajo —le explicó Alexander—. Vas muy bien, Beyé-Dokou, pero tienes que cansarlo más.

—Ya lo sé. Es como el elefante. ¿Cómo vas a cazar al elefante si no lo cansas primero?

Alexander consideró que la pausa era demasiado breve, pero Beyé-Dokou estaba brincando de impaciencia y tan pronto como el hermano Fernando dio la señal, salió al centro del ring brincando como un chiquillo. Para Mbembelé esa actitud fue una provocación que no podía dejar pasar. Olvidó su resolución de medirse y arremetió como un camión a toda marcha. Por supuesto que no encontró al pigmeo por delante y el impulso lo sacó fuera del ring.

El hermano Fernando le indicó con firmeza que volviera a los límites marcados por la cal. Mbembelé se volvió hacia él para hacerle pagar la osadía de darle una orden, pero una rechifla cerrada de la población de Ngoubé lo detuvo. ¡No podía creer lo que oía! Jamás, ni en sus peores pesadillas, pasó por su cerebro la posibilidad de que alguien se atreviera a contradecirlo. No alcanzó a entretenerse pensando en formas de castigar a los insolentes, porque Beyé-Dokou lo llamó de vuelta al ring dándole por detrás una patada en una pierna. Era el primer contacto entre los dos. ¡Ese mono lo había tocado! ¡A él! ¡Al comandante Maurice Mbembelé! Juró que iba a destrozarlo y luego se lo comería, para dar una lección a esos pigmeos alzados.

Cualquier pretensión de seguir las normas de un juego limpio desapareció en ese instante y Mbembelé perdió por completo el control. De un empujón lanzó al hermano Fernando a varios metros de distancia y se fue encima de Beyé-Dokou, quien súbitamente se tiró al suelo. Encogiéndose casi en posición fetal, apoyado sólo en las asentaderas, el pigmeo comenzó a lanzar patadas cortas, que aterrizaban en las piernas del gigante. A su vez el comandante procuraba golpearlo desde arriba, pero Beyé-Dokou giraba como un trompo, rodaba hacia los costados y no había manera de alcanzarlo. El pigmeo calculó el momento en que Mbembelé se preparaba para asestarle una feroz patada y golpeó la pierna que lo sostenía. La inmensa torre humana del comandante cayó hacia atrás y quedó como una cucaracha de espalda, sin poder levantarse.

Para entonces el hermano Fernando se había recuperado del porrazo, había vuelto a limpiar sus gruesos lentes y estaba otra vez encima de los luchadores. En medio de un griterío tremendo de los espectadores, logró hacerse oír para proclamar al vencedor. Alexander saltó adelante y levantó el brazo de Beyé-Dokou, dando alaridos de júbilo, coreado por todos los demás, menos los Hermanos del Leopardo, que no se reponían de la sorpresa.

Jamás la población de Ngoubé había presenciado un espectáculo tan soberbio. Francamente, pocos se acordaban del origen de la pelea, estaban demasiado excitados ante el hecho inconcebible de que el pigmeo venciera al gigante. La historia formaba ya parte de la leyenda del bosque, no se cansarían de contarla por generaciones y generaciones. Como siempre ocurre con el árbol caído, en un segundo todos estaban dispuestos a hacer leña con

Mbembelé, a quien minutos antes todavía consideraban un semidiós. La ocasión se prestaba para festejar. Los tambores empezaron a sonar con vivo entusiasmo y los bantúes a bailar y cantar, sin considerar que en esos minutos habían perdido a sus esclavos y el futuro se presentaba incierto.

Los pigmeos se deslizaron entre las piernas de los guardias y los soldados ocuparon el cuadrilátero y levantaron a Beyé-Dokou en andas. Durante ese estallido de euforia colectiva, el comandante Mbembelé logró ponerse de pie, le arrebató el machete a uno de los guardias y se lanzó contra el grupo que paseaba triunfalmente a Beyé-Dokou, quien instalado sobre los hombros de sus compañeros quedaba al fin a su misma altura.

Nadie vio claramente lo que sucedió enseguida. Unos dijeron que el machete resbaló entre los dedos sudorosos y aceitados del comandante, otros juraban que el filo se detuvo mágicamente en el aire a un centímetro del cuello de Beyé-Dokou y luego voló por los aires como arrastrado por un huracán. Cualquiera que fuese la causa, el hecho es que la multitud se paralizó y Mbembelé, presa de un terror supersticioso, le arrebató el cuchillo a otro guardia y lo lanzó. No pudo apuntar bien, porque Joel González se había aproximado y le disparó una fotografía, cegándolo con el flash.

Entonces el comandante Mbembelé ordenó a sus soldados que dispararan contra los pigmeos. La población se dispersó gritando. Las mujeres arrastraban a sus hijos, los viejos tropezaban, corrían los perros, aleteaban las gallinas y al final sólo quedaron a la vista los pigmeos, los soldados y los guardias, que no se decidían por un bando u otro. Kate y Angie corrieron a proteger a los niños pigmeos, que gritaban amontonados como cachorros en torno a las dos abuelas. Joel buscó refugio bajo la mesa, donde estaba la comida del banquete nupcial, y desde allí tomaba fotografías sin enfocar. El hermano Fernando y Alexander se colocaron de brazos abiertos ante los pigmeos, protegiéndolos con sus cuerpos.

Tal vez algunos de los soldados intentaron disparar y se encontraron con que sus armas no funcionaban. Tal vez otros, asqueados ante la cobardía del jefe que hasta entonces respetaban, se negaron a obedecerle. En cualquier caso, ningún balazo sonó en el patio y un instante después los diez soldados de la Hermandad del Leopardo tenían la punta de una lanza en la garganta: las discretas mujeres pigmeas habían entrado en acción.

Nada de esto percibió Mbembelé, ciego de rabia. Sólo captó que sus órdenes habían sido ignoradas. Sacó la pistola del cinto, apuntó a Beyé-Dokou y disparó. No supo que la bala no dio en el blanco, desviada por el mágico poder del amuleto, porque antes que alcanzara a apretar el gatillo por segunda vez, un animal desconocido se le fue encima, un gato negro enorme, con la velocidad y fiereza de un leopardo y con los ojos amarillos de una pantera.

CAPÍTULO QUINCE

El Monstruo de Tres Cabezas

LOS QUE VIERON la transformación del muchacho forastero en un felino negro comprendieron que ésa era la noche más fantástica de sus vidas. Su idioma carecía de palabras para contar tantas maravillas; ni siquiera existía un nombre para ese animal nunca visto, un gran gato negro que se abalanzó rugiendo contra el comandante. El ardiente aliento de la fiera le dio a Mbembelé en pleno rostro y las garras se le clavaron en los hombros. Podría haber eliminado al felino de un tiro, pero el terror lo paralizó, porque se dio cuenta de que estaba ante un hecho sobrenatural, un prodigioso acto de hechicería. Se desprendió del fatal abrazo del jaguar golpeándolo con ambos puños y echó a correr desesperado hacia el bosque, seguido por la bestia. Ambos se perdieron en la oscuridad ante el asombro de quienes presenciaron la escena.

Tanto la población de Ngoubé como los pigmeos vivían en una realidad mágica, rodeados de espíritus, siempre temerosos de violar un tabú o cometer una ofensa que pudiera desencadenar fuerzas ocultas. Creían que las enfermedades son causadas por hechicería y por lo tanto se curan de la misma manera, que no se puede salir de caza o de viaje sin una ceremonia para aplacar a los dioses, que la noche está poblada de demonios y el día de fantasmas, que los muertos se convierten en seres carnívoros. Para ellos el mundo físico era muy misterioso y la vida misma un sortilegio. Habían visto –o creían haber visto– muchas manifestaciones de brujería, por lo mismo no consideraron imposible que una persona se convirtiera en fiera. Podía haber dos explicaciones: Alexander era un hechicero muy poderoso o bien era un espíritu de animal que había tomado temporalmente la forma del muchacho.

La situación era muy diferente para el hermano Fernando, quien estaba junto a Alexander cuando se encarnó en su animal totémico. El misionero, que se preciaba de ser un europeo racional, una persona con educación y cultura, vio lo ocurrido, pero su mente no pudo aceptarlo. Se quitó los lentes y los limpió contra sus pantalones. «Definitivamente, tengo que cambiarlos», masculló, refregándose los ojos. El hecho de que Alexander hubiera desaparecido en el mismo instante en que ese enorme gato salió de la nada podía tener muchas causas: era de noche, en la plaza reinaba una espantosa confusión, la luz de las antorchas era incierta y él mismo se encontraba en un estado emocional alterado. No disponía de tiempo para perder en conjeturas inútiles, había mucho por hacer, decidió. Los pigmeos −hombres y mujeres− tenían a los soldados en la punta de sus lanzas e inmovilizados con las redes; los guardias bantúes vacilaban entre tirar sus armas al suelo o intervenir en ayuda de sus jefes; la gente de la aldea estaba amotinada; había un clima de histeria que podía degenerar en una masacre si los guardias ayudaban a los soldados de Mbembelé.

Alexander regresó unos minutos más tarde. Sólo la extraña expresión de su rostro, con los ojos incandescentes y los dientes a la vista, indicaba lo que había sucedido. Kate le salió al encuentro muy excitada.

−¡No vas a creer lo que pasó, hijo! ¡Una pantera negra le saltó encima a Mbembelé! Espero que lo haya devorado, es lo menos que merece.

−No era una pantera sino un jaguar, Kate. No se lo comió, pero le dio un buen susto.

−¿Cómo lo sabes?

−¿Cuántas veces tengo que decirte que mi animal totémico es el jaguar, Kate?

−¡Otra vez con la misma obsesión, Alexander! Tendrás que ver un psiquiatra cuando volvamos a la civilización. ¿Dónde está Nadia?

−Volverá pronto.

☙❧

En la media hora siguiente el delicado equilibrio de fuerzas en la aldea se fue definiendo, gracias en buena parte al hermano Fernando, a Kate y a Angie. El primero logró convencer a los soldados de la Hermandad del Leopardo que se rindieran, si querían salir con vida de Ngoubé, porque sus armas no funcionaban, habían perdido al comandante y estaban rodeados por una población hostil.

Entretanto Kate y Angie habían ido a la choza a buscar a Nze y, con ayuda de unos familiares del herido, lo cargaron en una improvisada angarilla. El pobre muchacho ardía de fiebre, pero se dispuso a colaborar cuando su madre le explicó lo ocurrido esa tarde. Lo colocaron en un lugar visible y, con voz débil pero clara, arengó a sus compañeros incitándolos a sublevarse. No había nada que temer, Mbembelé ya no estaba allí. Los guardias deseaban volver a una vida normal junto a sus familias, pero sentían un terror atávico hacia el comandante y estaban acostumbrados a obedecer su autoridad. ¿Dónde estaba? ¿Lo había devorado el espectro del felino negro? Si le hacían caso a Nze y el militar regresaba, acabarían en el pozo de los cocodrilos. No creían que la reina Nana-Asante estuviera viva y, aunque así fuera, su poder no podía compararse al de Mbembelé.

Una vez reunidos con sus familias, los pigmeos consideraron que había llegado el momento de regresar al bosque, de donde no pensaban volver a salir. Beyé-Dokou se colocó su camiseta amarilla, tomó su lanza y se aproximó a Alexander para devolverle el fósil que, según creía, le había salvado de ser hecho papilla por Mbembelé. Los demás cazadores también se despidieron emocionados, sabiendo que ya no volverían a ver a ese prodigioso amigo con el espíritu de un leopardo. Alexander los detuvo. No podían irse aún, les dijo. Explicó que no estarían a salvo aunque se internaran en la más profunda espesura, allí donde ningún otro ser humano podía sobrevivir. Huir no era la solución, ya que tarde o temprano serían alcanzados o necesitarían el contacto con el resto del mundo. Debían acabar con la esclavitud y volver a tener relaciones cordiales con la gente de Ngoubé, como antes, para lo cual debían despojar de su poder a Mbembelé y echarlo para siempre de la región junto con sus soldados.

Por su parte, las esposas de Kosongo, que habían vivido prisioneras en el harén desde los catorce o quince años, se habían amotinado y por vez primera le tomaban el gusto a la juventud. Sin hacer ni el menor caso de los serios asuntos que perturbaban al resto de la población, ellas habían organizado su propio carnaval; tocaban tambores, cantaban y danzaban; se arrancaban los adornos de oro de brazos, cuellos y orejas y los lanzaban al aire, locas de libertad.

En eso estaban los habitantes de la aldea, cada grupo dedicado a lo suyo, pero todos en la plaza, cuando hizo su espectacular aparición Sombe, quien acudía llamado por las fuerzas ocultas para imponer orden, castigo y terror.

Una lluvia de chispas, como fuegos artificiales, anunció la llegada del formidable hechicero. Un grito colectivo recibió a la temida aparición. Sombe no se había materializado en muchos meses y algunos albergaban la esperanza de que se hubiera ido definitivamente al mundo de los demonios; pero allí estaba el mensajero del infierno, más impresionante y furioso que nunca. La gente retrocedió, horrorizada y él ocupó el corazón de la plaza.

La fama de Sombe trascendía la región y se había regado de aldea en aldea por buena parte de África. Decían que era capaz de matar con el pensamiento, curar con un soplo, adivinar el futuro, controlar la naturaleza, alterar los sueños, sumir a los mortales en un sueño sin retorno y comunicarse con los dioses. Proclamaban también que era invencible e inmortal, que podía transformarse en cualquier criatura del agua, el cielo o la tierra, y que se introducía dentro de sus enemigos y los devoraba desde adentro, bebía su sangre, hacía polvo sus huesos y dejaba sólo la piel, que luego rellenaba con ceniza. De ese modo fabricaba zombis, o muertos-vivos, cuya horrible suerte era servirle de esclavos.

El brujo era gigantesco y su estatura parecía el doble por el increíble atuendo que llevaba. Se cubría la cara con una máscara en forma de leopardo, sobre la cual había, a modo de sombrero, un cráneo de búfalo con grandes cuernos, que a su vez iba coronado por un penacho de ramas, como si un árbol le brotara de la cabeza. En brazos y piernas lucía adornos de colmillos y garras de fieras, en el cuello unos collares de dedos humanos y en la cintura una serie de fetiches y calabazas con pociones mágicas. Estaba cubierto por tiras de piel de diferentes animales, tiesas de sangre seca.

Sombe llegó con la actitud de un diablo vengador, decidido a imponer su propia forma de injusticia. La población bantú, los pigmeos y hasta los soldados de Mbembelé se rindieron sin un amago de resistencia; se encogieron, procurando desaparecer, y se dispusieron a obedecer lo que Sombe mandara. El grupo de extranjeros, inmovilizado de asombro, vio cómo la aparición del brujo destruía la frágil armonía que empezaba a lograrse en Ngoubé.

El hechicero, agachado como un gorila, apoyándose en las manos y rugiendo, comenzó a girar cada vez más rápido. De pronto se detenía y señalaba con un dedo a alguien y al punto la persona caía al suelo, en profundo trance, estremeciéndose con terribles estertores de epiléptico. Otros quedaban rígidos, como estatuas de granito, otros empezaban a sangrar por la nariz, la boca y las orejas. Sombe volvía a su rutina de dar vueltas como un trompo, detenerse y fulminar a alguien con el poder de un gesto. En pocos minutos había una docena de hombres y mujeres revolcándose por tierra, mientras el resto de la gente chillaba de rodillas, tragaba tierra, pedía perdón y juraba obediencia.

Un viento inexplicable pasó como un tifón por la aldea y se llevó de un soplido la paja de las chozas, todo lo que había sobre la mesa del banquete, los tambores, los arcos de palmas y la mitad de las gallinas. La noche se iluminó con una tempestad de rayos y del bosque llegó un coro horrible de lamentos. Centenares de ratas se repartieron como una peste por la plaza y enseguida desaparecieron, dejando una mortal fetidez en el aire.

De súbito Sombe saltó sobre una de las hogueras, donde habían asado la carne para la cena, y empezó a bailar entre las brasas ardientes, tomándolas con las manos desnudas para lanzarlas a la espantada multitud.

En medio de las llamas y el humo surgieron centenares
de figuras demoníacas, los ejércitos del mal, que acompañaron al brujo en su siniestra danza. De la cabeza de
leopardo coronada de cuernos emergió un vozarrón cavernario gritando los nombres del rey depuesto y el vencido comandante, que la gente, histérica, hipnotizada,
coreó largamente: Kosongo, Mbembelé, Kosongo,
Mbembelé, Kosongo, Mbembelé...

Y entonces, cuando el hechicero ya tenía a la población de la aldea en su puño y surgía triunfante de la
hoguera, con las llamas lamiéndole las piernas sin quemarlo, un gran pájaro blanco apareció por el sur y voló en
círculos sobre la plaza. Alexander dio un grito de alivio al
reconocer a Nadia.

Por los cuatro puntos cardinales entraron a Ngoubé
las fuerzas convocadas por el águila. Abrían el desfile los
gorilas del bosque, negros y magníficos, los grandes machos adelante, seguidos por las hembras con sus crías.
Luego venía la reina Nana-Asante, soberbia en su desnudez y sus escasos harapos, con el cabello blanco erizado como un halo de plata, montada sobre un enorme
elefante, tan antiguo como ella, marcado con cicatrices
de lanzazos al costado. La acompañaban Tensing, el
lama del Himalaya, quien había acudido al llamado de

Nadia en su forma astral, trayendo a su banda de horrendos yetis en atuendos de guerra. También venían el chamán Walimai y el delicado espíritu de su esposa, a la cabeza de trece prodigiosas bestias mitológicas del Amazonas. El indio había vuelto a su juventud y estaba convertido en un apuesto guerrero con el cuerpo pintado y adornos de plumas. Y finalmente entró a la aldea la vasta muchedumbre luminosa del bosque: los antepasados y los espíritus de animales y plantas, millares y millares de almas, que alumbraron la aldea como un sol de mediodía y refrescaron el aire con una brisa limpia y fría.

En esa luz fantástica desaparecieron los malignos ejércitos de demonios y el hechicero se redujo a su verdadera dimensión. Sus andrajos de pieles ensangrentadas, sus collares de dedos, sus fetiches, sus garras y colmillos, dejaron de ser espeluznantes y parecieron sólo un disfraz ridículo. El gran elefante que montaba la reina Nana-Asante le asestó un golpe con la trompa, que hizo volar la máscara de leopardo con cuernos de búfalo, exponiendo el rostro del brujo. Todos pudieron reconocerlo: Kosongo, Mbembelé y Sombe eran el mismo hombre, las tres cabezas del mismo ogro.

La reacción de la gente fue tan inesperada como el resto de lo sucedido en esa extraña noche. Un bramido largo y ronco sacudió a la masa humana. Los que estaban con convulsiones, los que se habían convertido en estatuas y los que sangraban salieron del trance, lo que estaban postrados se levantaron del suelo y la muchedumbre se movió con aterradora determinación hacia el hombre que la había tiranizado. Kosongo-Mbembelé-Sombe retrocedió, pero en menos de un minuto fue rodeado. Un centenar de manos lo cogieron, lo levantaron en vilo y lo llevaron en andas hacia el pozo de los suplicios. Un alarido espantoso remeció el bosque cuando el pesado cuerpo del monstruo de tres cabezas cayó en las fauces de los cocodrilos.

Para Alexander sería muy difícil recordar los detalles de esa noche, no podría escribirlos con la facilidad con que había descrito sus aventuras anteriores. ¿Lo soñó? ¿Fue presa de la histeria colectiva de los demás? ¿O en efecto vio con sus propios ojos a los seres convocados por Nadia? No tenía respuesta para esas preguntas. Después, cuando confrontó su versión de los hechos con Nadia, ella escuchó en silencio, enseguida le dio un beso ligero en la mejilla y le dijo que cada uno tiene su verdad y todas son válidas.

Las palabras de la muchacha resultaron proféticas, porque cuando quiso averiguar lo sucedido con los otros miembros del grupo, cada uno le contó una historia diferente. El hermano Fernando, por ejemplo, sólo se acordaba de los gorilas y el elefante montado por una anciana. A Kate Cold le pareció percibir el aire lleno de seres fulgurantes, entre los que reconoció al lama Tensing, aunque eso era imposible. Joel González decidió esperar hasta que pudiera revelar sus rollos de película antes de emitir una opinión: lo que no saliera en las fotografías, no había sucedido. Los pigmeos y los bantúes describieron más o menos lo que él vio, desde el brujo danzando entre las llamas, hasta los antepasados volando en torno a Nana-Asante.

Angie Ninderera captó mucho más que Alexander: vio ángeles de alas traslúcidas y bandadas de pájaros multicolores, oyó música de tambores, olió el perfume de una lluvia de flores y fue testigo de varios otros milagros. Así se lo contó a Michael Mushaha cuando éste llegó al día siguiente a buscarlos en una lancha a motor.

Uno de los mensajes de la radio de Angie fue captado en su campamento y de inmediato Michael se puso en acción para encontrarlos. No pudo conseguir un piloto con suficiente valor para ir al bosque pantanoso donde sus amigos se habían perdido; debió tomar un vuelo comercial a la capital, alquilar una lancha y subir por el río a buscarlos sin más guía que su instinto. Lo acompañaron un funcionario del gobierno nacional y cuatro gen-

darmes, quienes llevaban la misión de investigar el contrabando de marfil, diamantes y esclavos.

En pocas horas Nana-Asante puso orden en la aldea,
sin que nadie cuestionara su autoridad. Empezó por
reconciliar a la población bantú con los pigmeos y recor-
darles la importancia de colaborar. Los primeros necesitaban la carne que proveían los cazadores y los segundos
no podían vivir sin los productos que conseguían en
Ngoubé. Debería obligar a los bantúes a respetar a los
pigmeos; también debía conseguir que los pigmeos per-
donaran los maltratos sufridos.

—¿Cómo hará para enseñarles a vivir en paz? —le preguntó Kate.

—Empezaré por las mujeres, porque tienen mucha
bondad adentro —replicó la reina.

Por fin llegó el momento de partir. Los amigos estaban extenuados, porque habían dormido muy poco y estaban todos, menos Nadia y Boroba, enfermos del
estómago. Además, en las últimas horas a Joel González
lo picaron los mosquitos de pies a cabeza, se hinchó, le
dio fiebre y de tanto rascarse quedó en carne viva. Discretamente, para no parecer jactándose, Beyé-Dokou le
ofreció el polvo del amuleto sagrado. En menos de dos
horas el fotógrafo volvió a la normalidad. Muy impresio-

nado, pidió que le dieran una pizca para curar a su amigo Timothy Bruce de la mordedura del mandril, pero Mushaha le informó que éste ya estaba completamente repuesto, esperando al resto del equipo en Nairobi. Los pigmeos usaron el mismo prodigioso polvo para tratar a Adrien y Nze, quienes empezaron a mejorar de sus heridas a ojos vista. Al comprobar los poderes del misterioso producto, Alexander se atrevió a pedir un poco para llevarle a su madre. Según los médicos, Lisa Cold había derrotado al cáncer por completo, pero su hijo supuso que unos gramos del maravilloso polvo verde de Ipemba-Afua podrían garantizarle una larga vida.

Angie Ninderera decidió sacudirse el miedo a los cocodrilos mediante la negociación. Se asomó con Nadia por encima de la empalizada que protegía el pozo y ofreció un trato a los grandes lagartos y que Nadia tradujo lo mejor posible, a pesar de que sus conocimientos del lenguaje de los saurios eran mínimos. Angie les explicó que ella podía matarlos a tiros, si le daba la gana, pero en vez de eso los haría conducir al río, donde serían puestos en libertad. A cambio, exigía respeto por su vida. Nadia no estaba segura de que hubieran comprendido; tampoco que cumplieran su palabra, o que fueran capaces de extender el trato al resto de los cocodrilos africanos, pero prefirió decirle a Angie que desde ese momento ya no tenía nada que temer. No moriría devorada por saurios; con un poco de suerte se cumpliría su deseo de morir en un accidente de avión, le aseguró.

Las esposas de Kosongo, ahora viudas alegres, quisieron regalar sus adornos de oro a Angie, pero el hermano Fernando intervino. Colocó una manta en el suelo y obligó a las mujeres a depositar sus joyas en ella; enseguida ató las cuatro puntas y arrastró el bulto donde la reina Nana-Asante.

—Este oro y un par de colmillos de elefante es todo lo que tenemos en Ngoubé. Usted sabrá disponer de este capital —le explicó.

—¡Lo que me dio Kosongo es mío! —alegó Angie aferrada a sus brazaletes.

El hermano Fernando la fulminó con una de sus miradas apocalípticas y estiró las manos. A regañadientes Angie se quitó sus joyas y se las entregó. Además, debió prometerle que dejaría la radio del avión, para que pudieran comunicarse, y que haría por lo menos un vuelo cada dos semanas, costeado por ella, para aprovisionar la aldea de cosas esenciales. Al comienzo tendría que lanzarlas desde el aire, hasta que pudieran despejar un trozo de bosque para una cancha de aterrizaje. Dadas las condiciones del terreno, no sería fácil.

Nana-Asante aceptó que el hermano Fernando se

quedara en Ngoubé y fundara su misión y su escuela, siempre que llegaran a un acuerdo ideológico. Tal como la gente debía aprender a vivir en paz, las divinidades debían hacer lo mismo. No había razón para que los diversos dioses y espíritus no compartieran el mismo espacio en el corazón humano.

EPÍLOGO

Dos Años más Tarde

ALEXANDER COLD se presentó en el apartamento de
su abuela en Nueva York con una botella de vodka para
ella y un ramo de tulipanes para Nadia. Su amiga le
había dicho que no se pondría flores en la muñeca o el
escote para su graduación, como todas las chicas. Esos
corsages le parecían horrendos. Soplaba una ligera brisa
que aliviaba el calor de mayo en Nueva York, pero aun así
los tulipanes estaban desmayados. Pensó que nunca se
acostumbraría al clima de esa ciudad y celebraba no
tener que hacerlo. Asistía a la Universidad en Berkeley y,
si sus planes resultaban, obtendría su título de médico en
California. Nadia lo acusaba de ser muy cómodo. «No sé
cómo piensas practicar medicina en los sitios más pobres
de la tierra, si no puedes vivir sin los tallarines italianos
de tu mamá y tu tabla de surfing», se burlaba. Alexander
pasó meses convenciéndola de las ventajas de estudiar en
su misma universidad y por fin lo consiguió. En sep-
tiembre ella estaría en California y ya no sería necesario
cruzar el continente para verla.

Nadia abrió la puerta y él se quedó con los tulipanes mustios en la mano y las orejas coloradas, sin saber qué decir. No se habían visto en seis meses y la joven que apareció en el umbral era una desconocida. Se le pasó por la mente que estaba ante la puerta equivocada, pero sus dudas se disiparon cuando Borobá le saltó encima para saludarlo con efusivos abrazos y mordiscos. La voz de su abuela llamando su nombre le llegó desde el fondo del apartamento.

—¡Soy yo, Kate! —respondió él, todavía desconcertado.

Entonces Nadia le sonrió y al instante volvió a ser la chica de siempre, la que él conocía y amaba, salvaje y dorada. Se abrazaron, los tulipanes cayeron al suelo y él la rodeó con un brazo por la cintura y la levantó con un grito de alegría, mientras con la otra mano luchaba por desprenderse del mono. En eso apareció Kate Cold arrastrando los pies, le arrebató la botella de vodka, que él sostenía precariamente, y cerró la puerta de una patada.

—¿Has visto qué horrible se ve Nadia? Parece la mujer de un mafioso —dijo Kate.

—Dinos lo que realmente piensas, abuela —se rió Alexander.

—¡No me llames abuela! ¡Compró el vestido a mis espaldas, sin consultarme! —exclamó ella.

—No sabía que te interesara la moda, Kate —comentó

Alexander, ojeando los pantalones deformes y la camiseta con papagayos que usaba su abuela.

Nadia llevaba tacones altos y estaba enfundada en un tubo de satén negro, corto y sin tirantes. Hay que decir en su favor que no parecía afectada en lo más mínimo por la opinión de Kate. Dio una vuelta completa para lucirse ante Alexander. Se veía muy diferente a la criatura en pantalones cortos y adornada con plumas que él recordaba. Tendría que acostumbrarse al cambio, pensó, aunque esperaba que no fuera permanente; le gustaba mucho su antigua Águila. No sabía cómo actuar ante esa nueva versión de su amiga.

—Deberás pasar el bochorno de ir a la graduación con este espantapájaros, Alexander —dijo su abuela señalando a Nadia—. Ven, quiero mostrarte algo...

Condujo a los dos muchachos hacia la diminuta y polvorienta oficina, atestada de libros y documentos, donde escribía. Las paredes estaban empapeladas de fotografías que la escritora había juntado en los últimos años. Alexander reconoció a los indios del Amazonas posando para la Fundación Diamante, a Dil Bahadur, Pema y su bebé en el Reino del Dragón de Oro, al hermano Fernando en su misión en Ngoubé, a Angie Ninderera con Michael Mushaha sobre un elefante, y varios más. Kate había enmarcado una portada de la revista *International Geographic* del año 2002, que ganó un premio importante. La fotografía, tomada por Joel González en un mercado en África, lo mostraba a él con Nadia y Borobá enfrentándose con un furibundo avestruz.

–Mira, hijo, los tres libros ya están publicados –dijo Kate–. Cuando leí tus notas comprendí que nunca serás escritor, no tienes ojo para los detalles. Tal vez eso no sea un impedimento para la medicina, ya ves que el mundo está lleno de médicos chambones, pero para la literatura es fatal –aseguró Kate.

–No tengo ojo y no tengo paciencia, Kate, por eso te di mis notas. Tú podías escribir los libros mejor que yo.

–Puedo hacer casi todo mejor que tú, hijo –se rió ella, desordenándole el cabello de un manotazo.

Nadia y Alexander examinaron los libros con una extraña tristeza, porque contenían todo lo que les había sucedido en tres prodigiosos años de viajes y aventuras. Tal vez en el futuro no habría nada comparable a lo que ya habían vivido, nada tan intenso ni tan mágico. Al menos era un consuelo saber que en esas páginas estaban preservados los personajes, las historias y las lecciones que habían aprendido. Gracias a la escritura de la abuela, nunca olvidarían. Las memorias del Águila y el Jaguar estaban allí, en la Ciudad de las Bestias, el Reino del Dragón de Oro y el Bosque de los Pigmeos…